CW01659952

— Rien que de très normal,
pour quelques secondes encore.

A, 4e 70
04.01.23

LE TRIPODE

Littératures ■ Arts ■ Ovnis

Hadrien Klent

ET QU'ADVIENNE LE CHAOS

LE TRIPODE

Il fait nuit ? Il fait noir.

Ils sont couchés, presque collés l'un à l'autre.

Il murmure.

— Comment va le monde ?

Elle tourne la tête vers lui. Elle ne sait pas quoi lui répondre. Elle lui sourit. Il n'y a plus que ce sourire qui l'apaise.

Il ferme les yeux. Puisqu'elle ne dit rien, il répond à sa place.

— Il s'use, en vieillissant.

1954

1111 est, route McDowell, Phoenix, Arizona. Une femme se présente, seule, à l'entrée du Banner Good Samaritan Medical Center, un hôpital à but non-lucratif. Elle est enceinte, à quelques jours du terme. Elle a des contractions. Leur fréquence est élevée. On l'installe sur un lit métallique à roulettes et on l'emmène vers l'ascenseur qui monte au second étage, secteur obstétrique.

On ouvre les croisillons métalliques de la porte de l'ascenseur, on roule vers une salle de travail. Une sage-femme se penche. Le col est fortement dilaté. On ne s'occupe pas des formalités administratives. On emmène le lit en salle d'accouchement. Quatre minutes plus tard, un bébé de 3,8 kg de sexe masculin est lavé dans une bassine en aluminium.

La mère pleure doucement quand on lui demande l'identité du père, sourit en prononçant le prénom de son petit garçon. Une infirmière prend un crayon de papier et un petit morceau de papier bleu. Autour du poignet du bébé maintenant installé dans son berceau, simple coquille en métal rembourrée d'un coussin, l'infirmière accroche le petit bracelet en papier sur lequel est écrit : Mikael Korta.

1965

La cuisine du petit deux pièces que Mikael occupe avec sa mère dans le vieux centre de Phoenix est lumineuse. Le petit garçon de onze ans a attrapé un ver de terre dans un jardin public. Une fois coupé en morceaux, lui a-t-on appris à l'école, le ver continue à se mouvoir : Mikael a décidé d'essayer pour voir si c'est vrai. Comment croire ce que l'on n'a pas vérifié par soi-même ?

Mikael prend le couteau à viande, parfaitement aiguisé, vu sa faible fréquence d'utilisation. Il sort le ver du mouchoir en tissu blanc rayé de rouge. Il le pose sur la table. Le ver se tortille, Mikael le retient en brandissant le couteau. Le ver glisse entre ses doigts, dans l'autre main le couteau également, Mikael veut asséner un coup violent, le couteau est trop lourd, la lame tombe sur le poignet du petit garçon.

Mikael regarde, fasciné, le sang qui jaillit de l'aorte. Il marche lentement vers la salle d'eau où sa mère est en train de laver du linge dans une bassine en porcelaine blanche. Avec un petit sourire, Mikael brandit son poignet comme un trophée. Le sang gicle sur la porcelaine. Hurlements de la mère.

À qui il faudra ensuite : arrêter une voiture dans la rue, foncer vers le Banner Good Samaritan Medical Center, compresser fort l'aorte, arriver aux urgences, voir son fils perdre connaissance, le remettre entre les mains d'un docteur qui va procéder à une transfusion : Mikael a perdu beaucoup de sang, il faut déterminer son groupe sanguin.

Madame Korta ne sait pas ce qu'est un groupe sanguin, personne ici ne va prendre le temps de lui expliquer le groupe ABO (découvert en 1900) ni le facteur rhésus (en 1940), quelques heures plus tard le docteur lui dira combien son fils a eu de la chance, il est B-, très faiblement receveur, seuls O- et B- sont donneurs compatibles, vingt-cinq ans auparavant une transfusion aurait eu toutes les chances d'être dramatique.

La jeune femme serre la main de son fils qui se réveille doucement. A-t-elle seulement remarqué que Mikael n'a jamais pleuré ?

1976

Quatrième avenue, Phoenix. Parking de l'hôtel Clarendon. Le journaliste de l'*Arizona Republic*, Don Bolles, monte dans sa Datsun 210. Il démarre. Il est quatorze heures.

Mikael Korta a vingt-deux ans. Il vient chercher la jeune Barbara Jones, de deux ans sa cadette, qui est femme de chambre au Clarendon et qui finit son service dans quelques minutes. Ils se sont fiancés il y a de cela trois semaines, le mariage est prévu dans sept mois. Mikael reste dans sa vieille Chevrolet, sur la Quatrième avenue.

La Datsun du journaliste tourne à l'angle de l'avenue. Les six bâtons de dynamite placés sous le véhicule explosent. Le corps de Bolles est projeté hors de la voiture. Devant les yeux de Mikael Korta.

En quelques minutes, les policiers ont bouclé la scène du crime et Bolles a été évacué à l'hôpital Saint-Joseph, où il va être amputé de ses deux jambes, puis d'un bras. Le journaliste enquêtait sur les liens entre la mafia et des responsables politiques de haut niveau de Phoenix. Quelques jours plus tard, il succombera à ses blessures.

Mikael observe les policiers qui projettent de la poudre noire sous le châssis de la Datsun dans l'espoir de découvrir des empreintes digitales. Il est probable que ces empreintes seront ensuite confiées pour analyse au laboratoire Dawson, où il est garçon à tout faire, tout en poursuivant, la nuit, un cursus en biochimie moléculaire par correspondance.

Lorsque Barbara sortira de l'hôtel et lui demandera ce qui se passe, Mikael répondra qu'il n'en sait rien. Il démarrera la Chevrolet. C'est l'heure du déjeuner.

1987

3112, West Turnay avenue, quartier de l'Alhambra, banlieue chic de Phoenix. Mikael Korta dépose ses clés sur la tablette située juste à côté de la porte d'entrée. Barbara a préparé un joli petit dîner : ils fêtent leurs dix ans de mariage, ce soir. La jeune femme s'est faite belle, et c'est plutôt réussi, mais Mikael semble ne même pas l'avoir remarqué.

Ils boivent du vin français, et Barbara parle à nouveau de l'idée d'avoir un enfant. Mikael a trente-trois ans, elle en a trente et un : il est plus que temps. Mikael souhaite, cette fois encore, éluder la discussion, mais ce soir Barbara insiste. Alors le jeune homme lui apprend, au détour d'une phrase, qu'il s'est fait faire, il y a quelques mois, une vasectomie. Opération irréversible qui le met à l'abri de toute fécondation possible. Taux de réussite : 99,9 %.

Barbara est stupéfaite. Comment a-t-il pu prendre une décision si importante sans lui en parler ? Tranquillement, Mikael répond que ça n'engage que lui. Elle, de son côté, est libre de divorcer et de faire un enfant avec qui elle veut. Mais Barbara ne veut pas divorcer : c'est avec Mikael qu'elle veut un enfant. Ce n'est plus possible, réexplique-t-il.

Barbara explose : elle prendra un amant jusqu'à ce qu'elle soit enceinte, puis elle élèvera cet enfant avec Mikael. Korta sourit froidement : les recherches que mène Alec Jeffreys depuis deux ans ont connu une accélération ces dernières semaines. Les tests sanguins, autrefois sujets à caution pour les question de filiation, vont être prochainement remplacés par les empreintes génétiques. En décrivant des sondes multicolus puis monocolus, le chercheur britannique a réussi à analyser le polymorphisme de l'ADN d'un individu. En analysant la bande 33-15 d'un enfant, et en la comparant à celles des parents putatifs, on peut déterminer la paternité réelle du supposé géniteur, avec des taux de réussite dépassant les 85 %. Et dans les deux prochaines années, on arrivera certainement à des taux de 99 %. Que Barbara ne tente donc pas de forcer le destin, cela risquerait de lui porter préjudice : action en justice, divorce aux torts exclusifs, et réputation à tout jamais détruite.

La jeune femme n'écoute plus vraiment. Elle pleure silencieusement. Mikael ne lui a même pas dit pourquoi il ne voulait pas d'enfant.

1998

Mikael Korta gare son pick-up Toyota devant son pavillon de la West Turnay avenue. Il est plus de 23 heures. Depuis deux mois Korta est le responsable de la branche « identification » de Biometrics Inc., le conglomérat qui a racheté le laboratoire Dawson : il travaille souvent tard mais ce n'est même pas du zèle. Les tests de reconnaissance de l'iris que l'ingénieur est en train de mettre au point se révèlent d'excellente facture : dans moins de dix ans, l'œil aura sans aucun doute remplacé les empreintes digitales dans les processus de reconnaissance d'un individu.

Mai-Li, sa voisine quadragénaire d'origine vietnamienne, apparaît dans la lumière des phares. Ses vêtements sont déchirés. Elle monte dans la voiture de Korta et se met à pleurer. Elle vient de se faire agresser et. Et. Et violer.

Korta fronce les sourcils. Il prend le téléphone de sa voiture et compose le 911. Il donne l'adresse aux policiers. À ses côtés, Mai-Li, hébétée, ne dit ni ne fait rien. Korta, sèchement, lui demande si l'agresseur l'a pénétrée sans préservatif. La réponse, inaudible, est : oui. Korta se penche devant la jeune femme, ouvre sa boîte à gants, se saisit d'une compresse stérile. Il se redresse. Demande à Mai-Li d'enlever ses sous-vêtements. Regard apeuré de la femme. Korta explique sèchement : Biometrics est la société qui stocke et gère les empreintes génétiques des criminels pour le gouvernement fédéral. Dès demain, il pourra interroger la base de données et gagner ainsi un temps précieux sur la procédure officielle. Ensuite il suffira d'engager un détective privé pour retrouver le gars et le mettre hors d'état de nuire. Ce sera autrement plus efficace qu'en se reposant sur le système judiciaire traditionnel.

Korta d'un geste assuré frotte le pubis de la jeune femme avec la compresse qu'il fait légèrement pénétrer dans son sexe avec un mouvement rotatif. Il plie soigneusement le petit carré blanc en quatre et le range dans la poche intérieure de sa veste. Un gyrophare clignote au loin. Korta descend pour accueillir les policiers. Mai-Li reste dans la voiture, les yeux fermés. Elle aurait tellement voulu que quelqu'un la prenne dans ses bras pour la rassurer. Dehors, Mikael Korta la désigne aux policiers et se dirige vers son coffre pour y récupérer sa petite mallette et rentrer chez lui.

« Je sais déjà tout cela.
Mais que se passe-t-il de neuf ?
Que se passe-t-il de si extraordinaire
que le souvenir des hommes
n'en garde aucune trace ? »

Shakespeare
TIMON D'ATHÈNES

2009
21 MAI

PHOENIX, ARIZONA, U.S.A.
HEURE LOCALE : 00H42
TEMPS UNIVERSEL COORDONNÉ (U.T.C.) : 07H42

Barbara Korta est affalée sur son lit, emmitouflée dans une robe de chambre épaisse. Barbara a dépassé la cinquantaine, mais avec le botox on fait vraiment des miracles. La chambre est décorée avec un mauvais goût éclatant : moulures dorées et triple rangée de rideaux à fleurs. Barbara dort d'un œil. Tout à l'heure, elle se réveillera en sursaut, enlèvera sa robe de chambre et coupera la télé, sans que Mikael ne l'ait encore rejointe. Elle prendra son somnifère. Depuis combien d'années la vie est-elle ainsi ?

— Ce que vous me racontez, c'est l'histoire de l'aiguille dans la botte de foin : on est sûr qu'elle y est, mais on n'a aucune chance de la trouver.

— C'est presque ça, Mikael. Sauf que la certitude qu'il y a bien une aiguille n'est pas absolue. Cela reste encore une hypothèse de ma part. Tant qu'on ne l'aura pas trouvée, on n'aura rien prouvé.

Mikael Korta est dans son bureau, en sous-sol, deux étages en-dessous de la chambre où sa femme est en train de s'assoupir. Une petite pièce aveugle, suréquipée en matériel électronique, devenue l'annexe de son bureau de Biometrics, où, trop souvent depuis quelques années, le regard de ses collègues l'exaspère et le déconcentre. Au centre de la pièce trône un grand fauteuil en cuir noir dans lequel, à ce moment précis, l'ingénieur est assis, en train de parler au téléphone.

— Mais il faut essayer ! Il faut tester tous les protocoles possibles.

La voix qui lui répond, avec le décalage réglementaire de quinze millisecondes nécessaire à la traversée de l'Atlantique, est celle d'une femme qui n'a qu'à peine dépassé la trentaine.

— Bien sûr, Mikael. Bien sûr. J'ai fait le calcul l'autre jour. Il y a dix puissance sept protocoles, donc avec cent ordinateurs de trente-deux processeurs tournant en même temps, il faut vingt-neuf ans pour tout tester. Au labo, j'ai accès à deux ordinateurs comme ça. J'en aurai donc pour cent quarante-cinq ans...

Mikael Korta ne sourit pas. Il ne sourit pas, mais il insiste.

— Vous sous-estimez le facteur chance.

— Chance ? Vu la situation de mon laboratoire, je ne vois pas tellement comment je pourrais le surestimer.

— Tous les protocoles ne se valent pas. C'est exactement la même chose qu'en biométrie. Plutôt que d'essayer tous les critères de ressemblance, il vaut mieux chercher le meilleur possible.

La jeune femme ironise.

— Très bien, Mikael, j'attends votre suggestion...

Mikael Korta regarde l'heure. Minuit quarante-trois. Accroché en haut de son bureau, un écran, noir et blanc, de télésurveillance. C'est son jardin. C'est son 4x4. Presque son lampadaire. Depuis déjà vingt-trois ans.

— Je ne sais pas... Pourquoi ne pas tenter, plutôt qu'une combinaison de virgules au hasard, toutes les virgules ensemble ?

— Pourquoi pas ? Mais pourquoi pas autre chose ? Pourquoi pas toutes sauf celle de l'iris test ? Pourquoi pas le carré du nombre total moins le rang de l'iris test ? Pourquoi pas celle de Nostradamus ?

— Votre réaction est stupide, April. On dirait que vous ne connaissez pas l'histoire de la science.

SHUTTON, GREATER LONDON, U.K.
HEURE LOCALE : 07H44
U.T.C. : 07H44

Une vaste cuisine qui donne sur une rue calme de la grande banlieue londonienne. Le jour se lève à peine. April, le téléphone coincé sur l'épaule, est en train de se servir un café. Et ce n'est pas son premier. Elle passe distraitement une main dans ses cheveux. Ce matin non plus, elle n'a pas pris beaucoup de temps pour se coiffer.

Drôle d'homme, ce Mikael Korta. Quoique drôle ne soit pas vraiment le terme. Une gigantesque intelligence scientifique mêlée à une perpétuelle mauvaise humeur. Dans les colloques où April l'a croisé, elle s'amusait de voir les chercheurs aller lui parler entre les conférences, puis le fuir au moment des pauses repas. Cet homme n'a pas d'autres centres d'intérêt que son métier. April s'inquiète : et si elle était comme lui ?

— Excusez-moi, Mikael, il n'est pas question pour moi de me moquer. C'est juste que je suis un peu découragée, avec tous les problèmes du labo en ce moment. Mais dans tous les cas, tenez-moi au courant. Bien sûr, je serais très vexée si vous trouviez quelque chose avant moi... Mais ce qui compte, c'est qu'on la trouve, cette aiguille.

— Oui, c'est cela. À bientôt.

Il raccroche. April repose le téléphone sur sa base. Elle se demande si Mikael est marié. Elle se demande s'il a des amis. Mais elle, en a-t-elle vraiment, des amis ?

Elle regarde l'heure. Huit heures moins le quart. Elle ouvre la porte qui donne vers le bas.

— Joshua ! Il faut que j'y aille ! Tu es là ?

Des tréfonds de la cave, une voix rieuse répond.

— Joshua est dans le sanctuaire de sa troublante manie. Ne descends pas, j'arrive.

April termine son café. Elle continue de penser à cette discussion avec Korta. Hier soir quand elle lui a envoyé le mail elle s'est demandé si elle avait raison. Si elle pouvait lui faire confiance. Après tout, il travaille pour une société privée, capable de mobiliser tellement plus de moyens que son labo. Qui sait ce qu'ils seraient capables de faire, s'il s'avérait qu'elle a vraiment prouvé ce qu'elle croit avoir prouvé ? Breveter la découverte ? L'utiliser à des fins indues ? April sourit : elle est tellement plongée dans ses questions techniques qu'elle en oublie toutes les questions morales. Ou alors, elle a tellement l'habitude de l'incrédulité des gens qu'elle en a oublié la réalité de la chose.

Joshua a presque dix ans de plus qu'elle, mais encore une tête de gamin avec ses cheveux bouclés et son air rieur. Il ouvre la porte si fort que les cadres manquent de s'effondrer. April fronce les sourcils.

— Qu'est-ce qui se passe ce matin ? C'est la pleine lune ou quoi ? Tout le monde a l'air nerveux.

— Comment ça tout le monde ? Tu oses comparer ma folie à celle de tes collègues ? Très présomptueux. Ce qui se passe, c'est que je viens de recevoir les plans des Staline. Elles sont passionnantes. Laides, mais pleines d'un caractère... D'un caractère... Oserais-je dire russe ? J'ai hâte de m'y mettre.

Il attrape les clés de sa voiture.

— Je te dépose au labo.

April prend son sac en souriant. Joshua la fait rire, c'est déjà tant.

TIJUANA, BAJA-CALIFORNIA, MEXICO
HEURE LOCALE : 23H55
U.T.C. : 7H55

La scène du théâtre municipal. Accroché sur le mur du fond, un immense panneau : « XXIe Congrès International de Prestidigitation et de Magie, Tijuana ».

Sous les feux des projecteurs, deux hommes en smoking blanc font léviter une femme vêtue d'une robe pailletée de rouge. Musique joyeuse, trompette triomphante, explosion, la femme disparaît dans un nuage de fumée. C'est classique, mais ça fait toujours de l'effet. Sauf qu'il se fait tard, et que c'est loin d'être fini.

Au premier rang, José prend des notes en attendant son tour. Il a une barbe noire fournie, et porte un chapeau haut-de-forme. C'est, lui aussi, un magicien.

Les frères Razulemsky finissent leur numéro. José regarde son programme. C'était le onzième show. Il doit faire le vingt-quatrième. José fait un petit calcul. Encore près de trois heures… Il sourit à son assistante.

Applaudissements. Numéro douze !

BRENT, GREATER LONDON, U.K.
HEURE LOCALE : 08H04
U.T.C. : 08H04

Vincent arrête son vieux scooter en freinant sèchement. Il monte les marches du petit escalier du pavillon en enlevant son casque. Il frappe et il entre sans attendre. Il a trente-cinq ans : il déteste les temps morts.

Dans la cuisine. Peter, son grand frère, a déjà mis sa cravate et sa veste. Il est à table à côté de ses deux enfants, un garçon, une fille, sa femme Terry est debout et jongle entre bols de lait et tartines beurrées.

Vincent embrasse tout le monde dans un tourbillon. Les enfants sont endormis et mâchonnent des céréales en relisant pour la soixante-septième fois les paquets de céréales. Peter écoute d'une oreille la matinale de la BBC. Terry, en bonne femme au foyer, s'inquiète.

— Tu as pris ton petit-déjeuner, Vincent ?

Vincent fait non de la tête, sa belle-sœur pose une assiette à côté de Peter et lui amène des tartines et une tasse de thé. Vincent s'assied de travers et se brûle avec son thé fumant.

— Alors Peter, le conclave s'est réuni ? On fait quoi avec cette Mazda ?

Peter soupire.

— Je ne sais pas. J'hésite encore.

Il jette un coup d'œil à sa femme.

— Terry n'est pas contre, mais...

— Mais quoi ?

— C'est quoi une Mazda ? demande la nièce de Vincent.

Elle a le regard vif. Vincent s'est toujours demandé comment elle pouvait avoir un air si éveillé avec des parents si effacés et un frère qui est déjà gras et parle essentiellement de jeux vidéo.

Terry explique de sa voix douce de maman gentille.

— Un des « protégés » de votre oncle a gagné une voiture à un jeu télévisé. Comme il n'en a pas l'usage, il cherche à la vendre. Vincent a proposé à votre père de la racheter.

— On appelle ça un deal *win-win*, explique Vincent. Une famille londonienne typique repart avec une voiture neuve pas chère, et un jeune homme sans permis repart avec du cash.

— Ce qui m'embête, déclare Peter, sentencieux, c'est que ce n'est pas tellement légal tout ça...

— Peter ! Il s'agit d'acheter une voiture, pas de l'uranium enrichi !

Le portable de Vincent sonne. Il se lève et parle en marchant dans la cuisine. On entend une voix féminine.

— Vincent, on a une urgence, à huit heures et demi. Comparution immédiate. Une douzaine de clandestins pris dans un camion, à Douvres. On est débordés, parce qu'Albert est à Sheffield. Ça ne t'embête pas d'y aller ?

Vincent regarde sa montre.

— Je... je vais m'organiser. C'est où ?

— À Old Bailey.

— Ok, je pars maintenant.

Il finit son thé d'un trait, et il file.

— Peter, il faut vraiment que tu te décides aujourd'hui. Je t'appelle ce soir.

Il ouvre la porte de la cuisine. Il leur fait un sourire. Il a l'impression de voir l'avenir de cette famille : crise d'adolescence du garçon, puis crise de la *mid-term life* de Peter qui quitte le foyer, puis crise de grungitude de la fille, puis crise générale quand Peter veut revenir mais que Terry a un amant, il pense à l'album de Supertramp qu'il aimait tant en 1985, *Crisis ? What crisis ?* Il leur dit au revoir et se précipite sur son scooter.

Il a moins de vingt minutes pour aller à Old Bailey, le Palais de Justice, au centre de Londres. C'est techniquement quasi-impossible : il va donc y arriver.

PHOENIX, ARIZONA, U.S.A.
HEURE LOCALE : 01H12
U.T.C. : 08H12

Dans les bureaux de la Biometrics Inc. Un laboratoire moderne, froid et fonctionnel, métal et lumières basse tension. Une série d'écrans éteints. Des appareils de prise de vue, des projecteurs. Et un fauteuil en cuir, blanc cette fois-ci, sur lequel Mikael Korta est assis. Une immense affiche couvre un mur :

BIOMETRICS

LA MESURE DE L'HOMME
AU SERVICE DE L'HUMANITÉ

Korta pianote avec dextérité sur son clavier. Des lignes de code défilent sur son écran. Sur la droite, un autre écran, sur lequel l'iris d'un œil occupe toute la surface. Une petite tache bleue, de la forme d'une virgule, apparaît puis disparaît avant de réapparaître ailleurs sur l'iris.

* * *

HEURE LOCALE : 03H48
U.T.C. : 10H48

Sur l'écran de droite, l'iris est constellé de taches bleues clignotantes. Sur l'écran de Korta, une mention sous des lignes de codes : « Temporarily isolated virtual layer ». Calque virtuel provisoirement isolé.

Sur le visage de Mikael Korta, se dessine un semblant de sourire. C'est plutôt la marque du triomphe. La marque arrogante du succès.

Korta se penche à nouveau sur son clavier. Il pianote une nouvelle ligne de commande. Une tache bleue supplémentaire apparaît. L'ordinateur émet un léger bip. Une nouvelle mention s'inscrit au bas de l'écran : « Definitively isolated virtual layer. »

Korta ouvre la bouche. Il tente de taper des lignes de code supplémentaires, mais son clavier est bloqué dans cette fenêtre : calque virtuel définitivement isolé. Définitivement ? Korta n'en revient pas. Le provisoire et le définitif. Il a trouvé les deux, en même temps. Il est capable de tout. Tout ! Il est en mesure de...

Bruit de porte. Korta sursaute. C'est Maria, la femme de ménage. Korta s'énerve.

— Qu'est-ce que vous faites là ?

La femme a un fort accent mexicain. Elle est belle ; elle serait belle si elle n'était pas fanée par la vie, elle a tout juste quarante ans, et ce regard farouche des femmes pauvres.

— Monsieur, c'est l'heure de mon service. Tout doit être fini avant six heures.

Mikael la regarde un moment sans comprendre. À cause de l'accent de la femme ? Plutôt parce que son cerveau flotte dans un ailleurs où les contingences matérielles n'existent guère. De fait, il ne s'était jamais posé la question de savoir quand travaillaient les femmes de ménage dans son entreprise ; de fait, il ne se la pose toujours pas, et s'il regarde l'heure, trois heures quarante-neuf, c'est parce qu'il vient d'avoir une idée.

Il prend une voix douce. Il sourit presque.

— Vous pouvez peut-être me rendre un service...

Il met la main à la poche : au sens figuré aussi, puisqu'il en sort son portefeuille.

***

Maria est assise sur un siège qui ressemble à un fauteuil de dentiste. Son menton est calé sur une coque arrondie et son front repose sur un petit support en plastique. Son visage ne bouge pas. À une dizaine de centimètres, face à son œil gauche, un petit cylindre en métal profilé.

Korta est derrière son ordinateur. Il pianote des lignes de commande. Sur le deuxième écran, l'iris de la femme s'affiche, en gros plan. Dans un œil, dans un simple œil, on peut lire la peur, et même Mikael la perçoit.

— Ne vous inquiétez pas, c'est absolument sans le moindre danger.

Ce n'est évidemment pas sans le moindre danger. C'est même exactement le contraire. Korta vient de décider qu'il allait tester non pas une isolation provisoire, mais une isolation définitive. Il a un être humain en face de lui, mais il n'y pense pas. Il ne pense qu'à cette phrase qu'il a envie de voir sans la mention du « virtuel », cette phrase qui dirait qu'il a réussi à isoler définitivement un calque.

Le petit cylindre en métal ne contient pas qu'une petite caméra, mais aussi une série d'émetteurs lumineux, équivalents à un laser mais à des fréquences différentes. C'est d'abord un rayon blanc, très fin, qui pointe pile au centre de la pupille de Maria. La pupille se rétracte, jusqu'à n'être presque plus visible. Korta tape une autre commande. Le cylindre en métal projette d'autres rayons lumineux, cette fois sous la forme de petites virgules bleues. Une première, puis une seconde, puis une troisième... Sur l'écran, les virgules se disposent irrégulièrement sur l'iris.

Korta a un petit tic nerveux. Il fronce le nez vers le haut, deux fois de suite. Il regarde dans le vide, au loin. À quelques minutes, de quoi ? Du bonheur ? Cet homme ne connaît pas le sens du mot bonheur. Il est à quelques minutes de la réussite. Et cet homme connaît très bien le sens du mot réussite.

WESTMINSTER, GREATER LONDON, U.K.
HEURE LOCALE : 10H55
U.T.C. : 10H55

Dans Old Bailey, le magnifique Palais de Justice de Londres, il y a, aussi, des salles sordides, aveugles, avec la peinture qui craquèle et les bancs qui branlent.

Vincent est là, à la barre des avocats. Des commis d'office. C'est de la justice fast-food, cinq minutes maximum par clandestin, un grand monsieur noir au visage épuisé parle et, coup de chance, il y a un interprète.

— Ils ont tué mon frère parce qu'il manifestait pour de meilleures conditions de vie. Et ils savaient que je pensais comme mon frère.

La juge a des petites lunettes cerclées et un air perpétuellement fatigué, Vincent la connaît bien : elle est rarement affable. Aujourd'hui pas plus.

— Cher monsieur, il s'agit manifestement d'une immigration économique, il paraît évident que vous ne pouvez réclamer le droit d'asile. Maître, vous expliquerez à votre client les conditions donnant droit à l'asile, et vous lui rappellerez que l'invocation d'un crime n'est valable que s'il vise un ascendant ou un descendant.

— Mais Madame la juge, je me permets...

— Maître, il nous reste plusieurs cas. Et celui-ci ne me paraît pas le plus convaincant. La demande d'asile est donc rejetée. Vous allez être placé en centre de rétention puis reconduit à la frontière. Affaire suivante.

Affaire suivante. Combien de fois s'est-il demandé comment il faisait pour supporter cela, une décision qui, d'un mot, renvoie un être humain au monde qu'il tente de quitter ? Combien de fois a-t-il voulu raconter aux juges ce qu'ils lui racontaient, à lui, les centaines d'histoires qu'il a entendues depuis cinq ans qu'il travaille pour « Avocats pour les sans-droits » ? Vincent se rassied, salue ce client qu'il n'aura qu'à peine croisé.

Il regarde l'homme qui est maintenant appelé à la barre. Celui-ci a une petite chance : son père a été tué dans des échauffourées. Une « petite chance »... Vincent soupire. Il ouvre le dossier.

CHÂTEAU DE MARTIGNÉ-BRIAND, MAINE-ET-LOIRE, FRANCE
HEURE LOCALE : 11H59
U.T.C. : 10H59

Deux mains, deux belles mains solides de vigneron s'approchent d'un tonneau en bois rangé parmi des dizaines d'autres, au milieu d'une cave en pierre blanche. La main droite ouvre le petit robinet tandis que la gauche porte un verre à pied dans lequel commence à couler un liquide dont le rouge a cette couleur particulière des vins de Loire, ce rouge sombre, presque violet.

Au mur, il y a des cartes postales anciennes, sur le thème des vendanges : « *Les vendanges à Martigné-Briand, M.-et-L.* », « *Les comices de Martigné-Briand* ».

Au loin, la voix d'une jeune femme éclate.

— Roger !

L'homme se redresse.

Phoenix, Arizona, U.S.A.
Heure locale : 04h01
U.T.C. : 11h01

Rien n'a encore eu lieu dans le laboratoire de Korta. L'ingénieur pourrait encore tout arrêter. Sur l'écran de droite la pupille de Maria est microscopique, et les virgules bleues projetées sur son iris se comptent par dizaines.

Il suffirait qu'il tape la commande « halt ». Il suffirait qu'il décide d'arrêter. Il pourrait arrêter. Il pourrait téléphoner à April, lui dire qu'il a trouvé la bonne combinaison, plutôt la bonne combinaison et sa variation imprévue, sa variation permanente, ensemble ils pourraient cosigner un article dans la revue *Nature*, et dans cinq ans ils auraient le prix Nobel. Dans cinq ans ? Korta pense à la tumeur, à peine plus grosse qu'une tête d'épingle, qui est dans son cerveau. Il l'imagine grossir, devenir comme une noisette, une noix, une orange, un melon, une pastèque – pourquoi des fruits ?

Il lève les yeux. Sur son écran, l'iris de Maria est presque entièrement constellé de virgules bleues. Korta sait que rien au monde ne lui fera taper sur son clavier les lettres h, a, l, t.

Tijuana, Baja-California, Mexico
Heure locale : 03h03
U.T.C. : 11h03

Numéro vingt-quatre ! José est sur scène. C'est le dernier. Dans la salle, tout le monde accuse le coup. José aperçoit même quelques collègues endormis. José peste : c'est toujours à lui que cela arrive. Toujours les queues qui se bloquent dans les supermarchés ; les trains qui tombent en panne ; les bons médecins qui partent à la retraite.

José pénètre dans l'immense valise capitonnée. Son assistante la referme sur lui.

Roulements de tambour (préenregistrés).

Quelque part au-dessus du Japon
Heure locale : 20h05
U.T.C. : 11h05

Un avion de ligne. Osaka-Tokyo. Rien que de très naturel. Au loin, les montagnes japonaises, majestueuses. Rien que de très naturel, aussi, dans le fait que cet homme de quarante-quatre ans se lève, dise un mot à sa femme (à sa maîtresse ? difficile d'en juger à cette altitude), et se rende aux toilettes.

Rien que de très normal dans le fait qu'il se lave les mains dans le tout petit lavabo, en se regardant machinalement dans le miroir, et en pensant, tout aussi machinalement, au rendez-vous avec l'agent immobilier qui est programmé le lendemain.

Rien que de très normal, pour quelques secondes encore.

En temps universel, il est onze heures, sept minutes, douze secondes.

Petite embardée de l'avion. L'homme sèche méticuleusement ses mains. Nouvelle secousse. Logiquement, le commandant de bord va demander à tout le monde d'aller se rassoir, à cause des perturbations.

L'homme sort des toilettes. L'avion est calme. Très calme. D'habitude quand ça secoue un peu il y a une sorte de tension palpable, les gens parlent plus fort ou rient nerveusement.

L'avion n'est pas calme, il est vide. Vide ? Vide : l'homme court dans l'allée, vers sa place. Sa femme n'est plus là. Ses voisins ne sont plus là. Il n'y a plus de passagers. Plus aucun passager.

C'est impossible : l'avion est vide, totalement. Il était plein, et il est vide.

Que peut faire le cerveau d'un être humain pour admettre que ce qui se passe est la réalité ? Que peut faire le cerveau si ce n'est se raccrocher à cette idée puérile du cauchemar ? Mais dans un cauchemar, le bruit de l'avion est sourd, le bleu des fauteuils est abstrait, les secousses sont ouatées.

Là tout est vrai : il est dans un avion, et cet avion est vide. Vide, et en chute libre. Il s'est passé moins d'une minute depuis qu'il est sorti des toilettes. On appelle cela le sang-froid, cette capacité d'un être humain à ne pas renoncer : l'homme court vers la cabine de pilotage. Il ouvre la porte. La cabine est vide. Il n'y a pas, non plus, de pilote.

Ce n'est plus le moment de réfléchir au pourquoi. Ni au comment : comment un avion pourrait-il se vider de tous ses passagers ? L'homme se jette sur les manettes. Il tente maladroitement de redresser l'avion, comme si c'était un jeu. Comme si c'était un de ces jeux vidéo auxquels il a tellement joué, plus jeune.

Le cap se stabilise légèrement. Mais c'est trop tard : devant lui, un sommet enneigé. Cela va si vite.

Si vite : explosion.

Tout est fini ?

Tout commence.

« Le peintre, au poète.
— *Tout cela est assez banal.*
Je peux vous montrer des centaines de tableaux
qui montrent ces revirements du destin
avec largement plus de force que vos mots. »

Shakespeare
TIMON D'ATHÈNES

Il est tard. Quelques heures plus tard, depuis que. Plus de 2h46 plus tard. Maria n'est pas là. Elle n'est pas *revenue.*

Korta a le triomphe toujours aussi peu souriant. Il relit les « *logs* », ces données archivées qui permettent de suivre l'intégralité d'un processus informatique. Classés secondes par secondes.

Il y a des centaines de lignes commençant par 04:07:12, qui racontent ce qui s'est passé à quatre heures, sept minutes, et douze secondes, et Korta les lit toutes. Il veut vérifier que tout s'est déroulé comme prévu. Car le prochain test, ce ne sera pas du définitif, ce sera du provisoire. Et, surtout, ce sera lui, sur le siège, en face. Ce sera le tour de son calque.

La porte s'ouvre, Korta se retourne agacé, c'est Anklard, son collègue de labo. Korta bâille.

— Déjà là ?

— Comment ça, déjà là ? répond Anklard. Il est comme d'habitude. C'est plutôt toi, qu'est-ce que tu fais là si tôt, un jeudi ?

— Merde !

Korta regarde sa montre. Il est dix heures moins vingt. Il se précipite : sur sa veste, sur la poignée de la porte, dans le couloir, vers le hall de sortie.

Dans le hall de Biometrics, il passe devant la machine à café. Plusieurs collègues en blouse blanche repoussent le moment d'aller travailler en bavardant. Il ne dit bonjour à personne. C'est le contraire qui aurait été étonnant. Il sort. La grande porte de verre se referme.

La grande porte de verre se rouvre. Maria est là, elle reste dans le hall de Biometrics, comme pour y trouver une explication. Mais qui la lui donnera ? Il y a quelque chose de l'effroi le plus brutal dans son regard. Elle marche vers la machine à café. Il n'y a personne. Un silence assourdissant. Elle appuie sur un bouton de la machine, juste pour entendre une voix humaine.

— Insérez un dollar.

Maria ferme les yeux. Elle les rouvre. Elle est toujours seule. Elle regarde la pendule. Il est neuf heures quarante et une.

À quelques kilomètres de là, le docteur Aaron Fichte, psychiatre et psychanalyste, un homme d'une cinquantaine d'années aux tempes argentées comme on dit pudiquement, fait quelques pas vers l'immense baie vitrée qui se trouve à l'ouest de son bureau. Il observe, au loin, les montagnes désertiques de l'Arizona. C'est un paysage fascinant, toujours.

Aaron Fichte s'approche de la vitre. Encore plus près. Coup de langue : il lèche rapidement, mais goulûment, le verre. Puis avec sa manche, il nettoie la trace. Se redresse. Marche dans son grand bureau. Il ne s'est rien passé.

Du côté est, une autre vaste baie vitrée, qui donne cette fois sur Phoenix. La ville qui grouille. Les entrelacs de routes, qui se superposent comme une sorte de dessin dont on chercherait à comprendre le sens. Même sentiment de fascination. Même coup de langue. Même geste rapide pour l'effacer.

Fichte retourne derrière son bureau. Il lance le petit magnétophone numérique qui lui sert de bloc-note.

— Sept minutes de retard. Il n'était déjà pas très haut, il s'enfonce encore plus.

Bouton stop. Il rabat sèchement le petit micro noir. Il s'assied. Il aime ce bureau, le yin et le yang, le désert et la ville, la mort et la vie. Il déteste attendre. Surtout des patients qu'il ne choisit pas. Qui lui sont imposés dans le cadre d'accords avec quelques entreprises pour lesquelles il accepte de travailler. Les névroses du travail sont, de loin, les moins passionnantes. Surtout s'agissant d'un ingénieur.

On frappe nerveusement à la porte.

Korta entre en coup de vent, pour montrer qu'il s'est pressé. Il va dire qu'il est désolé.

— Je suis désolé.

— Monsieur Korta, répond sèchement Fichte, il est dix heures huit. N'est-ce pas. Vous le savez, la ponctualité ne ment pas. Elle traduit votre intérêt pour notre relation thérapeutique. Ou plutôt : les limites de votre intérêt. Pour la dernière fois, je vous demanderai d'être à l'heure. Ou alors nous devrons nous arrêter là, j'en référerai à votre direction, et je vous orienterai vers un de mes collègues.

Korta baisse les yeux. Ce docteur Fichte, c'est la seule personne avec qui il peut vraiment parler. À qui il dit tout. C'est l'avantage du secret médical ; *a contrario*, cela dit combien il est difficile d'avoir confiance en son entourage.

— Vraiment, je suis désolé, docteur. Cela n'arrivera plus. J'ai été négligent sur la question horaire, mais ce n'est pas sans raison. Ou plutôt : il y a une raison, ajoute Korta d'un air triomphant. Une raison, comment dire, valable.

— Je vous écoute, relance le psychanalyste.

— J'ai réussi à trouver un protocole.

— Un protocole ?

— De façon quasi miraculeuse. Enfin, je dis un, mais ce sont deux protocoles que j'ai trouvés. Le provisoire et le définitif.

— Monsieur Korta, vous le savez, je n'entends pas grand-chose à votre travail. N'est-ce pas. Si vous le voulez bien, revenons à votre collègue, et à l'altercation qui vous a opposés.

Korta regarde Fichte.

— Attendez, je viens de découvrir qu'on peut *réellement* isoler un calque.

— Très bien, monsieur Korta. Ce collègue, donc ?

Korta s'oblige à répondre à la question.

— Cette personne, mais cela n'a rien à voir avec l'altercation qui nous a opposés, cette personne a un niveau de compétence très largement inférieur au mien. Et il se trouve que son salaire est supérieur. Ce qui est complètement absurde.

— Mais qu'est-ce que l'absurde...

— Pardon ? demande Korta.

Fichte soupire. Il a toujours eu du mal avec ce patient, qui semble toujours un peu à la traîne. Il est loin d'être idiot, pourtant. Mais quelque chose en lui l'exaspère. La banalité de ses propos, de sa névrose. La simplicité à décoder sa vie de premier de la classe sans envergure. La facilité avec laquelle il se fabrique son principe de domination de mâle blanc hétérosexuel.

— Vous dites « absurde ». Dites-moi comment vous définissez l'absurde.

Korta réfléchit. L'absurde : il n'y a jamais vraiment réfléchi. Il se cale au fond de son fauteuil. Il aime ces séances – c'est d'ailleurs la seule chose qu'il aime, hormis son travail. Et lui-même.

À Londres, Vincent a passé sa journée à Old Bailey, en commis d'office, pour les clandestins de Douvres. Il a annulé tous ses rendez-vous, de proche en proche.

À 17h30, l'audience s'est achevée. Sur les dix-huit personnes qu'il défendait, il a réussi à en sauver quatre, qui peuvent demander l'asile. Les autres vont être reconduites. C'est démoralisant.

— C'est démoralisant, dit Vincent à Madeleine.

— Démoralisant ? Je ne trouve pas. C'est mieux que rien.

Ils boivent une bière dans un petit pub juste en face du Palais de Justice. Madeleine est l'ex de Vincent. De ces femmes qui crient leur féminité avec tout leur corps, des seins immenses, une bouche charnue, une longue chevelure bouclée, égérie fellinienne à laquelle ne manque même pas le caractère qui va avec, possessive, orgueilleuse, et, bien entendu, brillante en société, réussissant une carrière parfaite d'avocate d'affaires.

Ils se sont connus pendant leurs études de droit. Cela a duré presque deux ans. Vincent ne parvient pas à la détester complètement, même si elle représente maintenant tout ce qui, socialement, l'exaspère. De petite amie, elle s'est muée en confidente. Quand on ne prend jamais vraiment le temps de voir passer le temps, il est bon de s'appuyer sur quelqu'un qu'on connaît depuis toujours.

— J'ai vu mon frère ce matin, raconte Vincent. C'est pénible parce que pour lui chaque décision devient un véritable cas de conscience. C'est totalement pathologique. S'il doit passer un coup de téléphone, il va attendre vingt-quatre heures pour s'y préparer. C'est invivable.

— C'est toi qui le vois comme ça. Moi je ne trouve pas qu'il soit comme tu le décris toujours. C'est quelqu'un de sage, oui, c'est vrai. Pas une tête brûlée... Et je pense que Terry est très contente avec lui.

— Ça c'est sûr, s'amuse Vincent. Ils font bien la paire, tous les deux... Ce que je ne comprends pas, c'est que le Peter d'aujourd'hui ne correspond pas à l'image du Peter de mon enfance. Quand je superpose les deux, il y a quelque chose qui ne marche pas. Et quand je vois dans quelle complaisance il est avec mes parents...

— C'est normal, Vincent. Tu sais, je pense que tes parents sont très contents de ce qu'est devenu Peter, lui...

— Qu'est-ce que tu veux dire ?

— Je veux dire que tes parents doivent beaucoup plus souffrir du fait que tu aurais pu être un grand avocat.

— Grand avocat, ça veut dire quoi ? s'énerve Vincent. Ça veut dire comme toi ? Ça veut dire défendre la moitié du footsie ?

Le « footsie », c'est le petit nom du « FTSE 100 index », l'indice boursier des cent plus grandes sociétés cotées en Angleterre.

Madeleine ne répond rien. Vincent n'a plus envie de parler. Il se demande pourquoi il la voit encore. Il se lève. Il cherche une façon de la remettre à sa place. Une façon de conclure.

— Il faut que je passe à l'asso. Tu sais, comme je ne suis pas un grand avocat, je m'occupe de ces drôles de choses, comment ça s'appelle, déjà ? Ah oui... des êtres humains.

Il sort. Devant le Palais de Justice, un des clandestins qu'il a défendu essaie de déchiffrer un plan de bus. Un Kurde, timide et manifestement perdu.

Vincent s'approche.

— Je peux peut-être vous aider.

— ...

— Aider. Moi. Vous.

— ...

Sans traducteur, c'est difficile. Vincent montre un plan général de Londres.

— Où ? Vous allez où ?

Ça c'est compréhensible. Le Kurde lui montre un quartier, dans Greenwich. Vincent rigole : c'est à l'exact opposé de là où il va.

— Allez, je vous dépose, j'ai un scooter.

Le Kurde le regarde en souriant, sans être vraiment sûr d'avoir compris.

Korta gare son 4x4 sur le parking de Biometrics. Il a une place à son nom, mais elle est excentrée. Il descend du véhicule, dans sa tête il améliore le script du protocole de l'isolation provisoire. Il a hâte. Il y a encore des détails à régler, pour que tout cela ait un sens. Une voix faible le hèle.

— Mikael !

C'est Charles Dawson, le fondateur du laboratoire devenu en quelques décennies une des trois plus grandes sociétés biométriques mondiales. Mikael se retourne et salue le vieil homme.

— Je suis venu faire ma visite trimestrielle. Et mon passage n'aurait pas été le même si je n'avais pas vu mon petit protégé...

Korta essaie d'esquisser un sourire.

— Dites-moi Mikael c'est quoi cette histoire de tests ?

— De tests ?

Mikael a un moment d'inquiétude. Dawson serait-il au courant des recherches parallèles qu'il mène au labo ? Mais comment ?

— Oui, j'ai entendu dire que vous voyiez quelqu'un...

— Un psychanalyste ?

— Voyons Mikael je sais parfaitement que vous avez des séances avec le professeur Fichte, c'est moi qui lui ai demandé de s'occuper de vous. Non, je vous parle de ce cancérologue, au Banner Center.

— Ah. Une tumeur. C'est une petite tumeur.

Le vieux Dawson se force à prendre l'air optimiste.

— Ça va aller mon petit, ça va aller. Dites-moi, j'ai vu que c'était vous qui aviez fait le brief pour les passeports australiens. Vous pourriez m'en envoyer une copie sur mon mail personnel. J'aime beaucoup lire vos rapports. Ils sont toujours d'une clarté...

Ils ont marché vers la Toyota Prius de Dawson. Son chauffeur lui ouvre la porte.

— Allez, je suis content de vous avoir croisé mon petit. À bientôt.

Il serre le bras de Mikael.

— Vous savez, à mon âge, à chaque fois qu'on dit au revoir à quelqu'un, c'est peut-être un adieu déguisé.

— Ce n'est pas une question d'âge, répond Korta sèchement en se dirigeant vers la porte d'entrée vitrée.

Il a déjà perdu trop de temps.

Une petite pièce voûtée, sans éclairage naturel. Au centre, Joshua est assis devant une large planche posée sur des tréteaux. Devant lui, des plans, des plans tellement détaillés et précis qu'on ne comprend pas, de prime abord, ce qu'ils représentent.

Et du plâtre fin. Et des appareils de moulage. Et une loupe. Et des pinceaux. Que fait Joshua dans son atelier ? La réponse se trouve sur les rayonnages qui font, littéralement, le tour de la pièce, éclairés par un système élaboré spécialement pour. Sur les planches de bois, des étiquettes soigneusement rédigées, portant des noms célèbres : Napoléon, Winston Churchill, Albert Einstein, Ghandi, Lawrence Sterne, Louis XVIII, Georges Perec, à n'en plus finir. Et, posé juste au-dessus de l'étiquette, à chaque fois un moulage, en taille réelle, d'un bloc-mâchoire, dont toutes les dents sont reproduites avec un soin maniaque. Voilà la passion de Joshua, orthodontiste dans le civil, historien de la dentition dans le privé : reconstituer, avec des documents d'époque, les autopsies, les archives de dentistes, voire pour certains, les crânes conservés, la bouche des gens célèbres.

Ils sont une cinquantaine, dans le monde, de Rio de Janeiro à Novossibirsk, à s'échanger informations, rapports, photos, et, nec plus ultra, plans reconstituant avec précision l'intégralité d'une dentition. Ils se retrouvent une fois par an, établissent des programmes raisonnés : chacun s'attelle à une nouvelle personnalité, s'appuie sur l'aide des autres pour produire, *in fine*, des plans les plus précis possibles qu'il envoie à tous les autres. Le plaisir ultime étant ce que Joshua est en train de faire présentement : la recréation, en plâtre, d'un moulage parfait de la dentition complète.

April entre.

— Voilà mon petit trésor, clame Joshua, sans cesser de limer avec un engin microscopique une petite protubérance. Comment va mon petit trésor ?

— Ça va, répond April, sans conviction. Et toi ?

— Moi, je suis en pleine exploration de la dentition de Staline, et j'apprends des choses formidables.

Il lève la tête vers elle. April est de ces filles qui ne savent pas vraiment cacher leurs sentiments.

— Non, ça n'a pas l'air d'aller, reprend-il.

— C'est au labo, soupire-t-elle. On a un gros souci.

— Tu veux que Joshua-le-costaud aille se battre contre ceux qui te mettent des bâtons dans les roues ?

April sourit faiblement.

— Dans ce cas précis, ça risque d'être un peu difficile, parce qu'il faudrait que tu te battes directement contre le ministre de l'Innovation et de la Recherche.

Joshua la regarde, sans comprendre.

— Ils ont décidé de supprimer le labo à la rentrée prochaine, reprend April. Cette fois, c'est sans appel...

— Ce pouvoir royal mérite qu'on lui coupe la tête, tonne Joshua. Il est temps d'instaurer la République qui, j'en suis sûr, saura reconnaître tes mérites. Et sur quels motifs fondent-ils leur décision ?

— Pseudo-science. Le ministre m'a écrit une lettre personnelle en m'expliquant que mes recherches, assimilables à une théorie dite de pseudo-science, n'ont plus vocation à être soutenues par les pouvoirs publics.

Joshua réfléchit un peu. Il cherche un moyen de la faire rire.

— Tu sais qu'au cabinet je m'occupe du fils du Premier Ministre. La prochaine fois que je lui poserai un appareil dentaire, je raterai volontairement l'anesthésie. Il souffrira le martyre, et ça sera notre petite vengeance à tous les deux.

April lui ébouriffe les cheveux, pour le remercier de sa douceur et de son affection. Mais elle est ailleurs. Elle est dans un débat théorique, vieux comme l'histoire de la recherche, vieux comme l'inconnu est vieux : comment prouver ce qui semble si nouveau que personne ne veut aider à le prouver ?

À peu près à la même heure, sur un pont qui enjambe la Tamise, Vincent se trouve dans une Mazda noire toute neuve, en compagnie de son légitime propriétaire actuel, Mahmoud, gagnant du jeu « N'oubliez pas les paroles ! », et de son futur propriétaire putatif, Peter.

Peter est au volant. Mais dire qu'il essaie la voiture serait exagéré : ils sont pris dans un gigantesque embouteillage.

— C'est casse-couilles cette circulation, s'emporte Peter.

— Chez nous, on dit : *ass-sabru miftahu al-farag*, déclare Mahmoud, qui est assis derrière. La patience est la clé du bonheur.

— On peut se dire qu'il aurait peut-être été opportun de choisir un lieu et un horaire plus adapté pour essayer une voiture, s'amuse Vincent, assis à la place du mort.

Peter accélère brutalement, puis freine encore plus sèchement. Klaxons des voitures à l'arrière.

— Putain, mais regarde-les, regarde-les, enjoint Peter à son frère. Regarde cette masse ! Ils rentrent chez eux, après leur journée de travail, dans leur petite auto, retrouver bobonne qui leur a préparé leur petit dîner dans leur petit pavillon. Mais ils apportent quoi au monde ? Ils servent à quoi ?

— Mais Peter, répond Vincent, eux, c'est toi. La masse, c'est toi, c'est nous. Nous sommes la masse. D'ailleurs, regarde-les, regarde-les à nouveau. Regarde-les différemment. Tu ne vois pas qu'ils ont l'œil qui brille ?

Le sien, en tout cas, s'est mis à briller.

— Aujourd'hui, ils rentrent bien sagement chez eux, reprend Vincent. Mais demain, demain peut-être qu'ils n'iront pas au bureau. Peut-être qu'ils vont prendre la direction de la mer, d'un bistrot, d'un square, d'un petit hôtel pour faire l'amour. Eh oui, c'est la masse ! Ce sont les mêmes que ceux que tu viens de décrire. Ce sont les mêmes ! Ça ne sert à rien de désespérer.

Peter ne répond rien. L'enthousiasme de son frère finit toujours par l'agacer. Il avance. De vingt-deux centimètres, précisément.

— On n'a qu'à faire un jeu, propose Mahmoud. Les animaux et les lettres ?

— Quoi ? s'énerve Peter. Les animaux et quoi ?

— Tu sais bien, répond Vincent. On choisit une lettre et on doit trouver des noms d'animaux qui commencent par cette lettre.

— C'est grotesque, s'alarme Peter. On ne va quand même pas jouer à ça, si ? On n'a pas six ans !

— Bon, pas de jeu, se résigne Vincent.

Encore quelques centimètres de moteur dans un monde d'embouteillages.

Vincent pense à quelque chose. Il se tourne vers son frère.

— Peter, la voiture, tu vas la prendre ?

Peter acquiesce.

— Tu as l'argent, là ?

Peter montre, à ses pieds, une sacoche marron. Vincent la prend, l'ouvre, et regarde les liasses de billets. Pas besoin de recompter, il imagine que son frère l'a fait au moins trois fois.

— Bon, sourit Vincent, si ça ne t'embête pas, on va peut-être descendre là. On repart vers le centre, Mahmoud et moi. On aura plus vite fait en métro. Qu'est-ce que tu en dis, Mahmoud ?

Sans attendre la réponse de son frère, il tend la sacoche à son ami, et ouvre la portière. À l'arrière, Mahmoud fait de même.

— Salut Peter ! balance Vincent, pressé.

Mahmoud est plus cérémonieux. Il serre la main de Peter par la fenêtre.

— Je vous souhaite beaucoup de bonheur avec cette voiture.

***

Ils marchent, tous les deux, Vincent, Mahmoud, sur le Tower Bridge, entre des centaines de voitures qu'ils doublent et dans lesquelles les automobilistes n'ont pas l'air, loin s'en faut, d'être les personnes les plus heureuses de la planète.

— Belette !

— Bélier.

— B... euh... boa !

— Bison !

À Phoenix, il fait épouvantablement chaud. Dans le 4x4 de Korta, il fait épouvantablement froid. Korta regarde les voitures devant lui, les maigres passants qui se risquent à faire quelques pas dehors. Il les domine, et pas seulement parce que son 4x4 est surélevé : il a le pouvoir, maintenant, de les faire disparaître. Avec la même fluidité que celle de son véhicule dans les rues, un projet se dessine dans le cerveau glacé de Korta.

Comment une idée devient-elle idée ? Comment un homme seul met-il sur pied, d'abord de façon abstraite, puis de façon de plus en plus précise, un tel projet ? Tout est encore confus pour Korta : sa maladie, les membres de son calque, les autres membres de l'humanité. Une pyramide est là ; le désir aussi. De faire le vide. De ne rien laisser à côté de soi. Derrière soi. Korta entr'ouvre la bouche, comme s'il lui fallait soudain plus d'oxygène. Rester seul. Le dernier. Le dernier homme. Mourir comme fermer l'histoire de l'humanité. Son idée devient plus précise. Ne l'est pas encore entièrement. Ses yeux brillent.

Korta freine. Devant le vendeur de bagels dénommé Morton's, un homme maigre et ventru l'attend. Il monte dans le 4x4. Il s'appelle Joseph.

Korta le salue, du bout des lèvres. Il redémarre. Il sait déjà à quelle adresse ils ont rendez-vous. Il a déjà téléchargé le plan sur internet, imprimé le plan, appris le plan. Il ne supporte pas les GPS. Il préfère largement son cerveau.

— Il est fort, très fort, le gars chez qui on va, tente Joseph pour lancer la conversation.

— …

— Vous voulez savoir comment je l'ai connu?

— Ça m'est totalement égal.

Joseph comprend que ce n'est pas la peine d'insister. Ils roulent. Jusqu'au petit pavillon dont la façade est en photo sur la feuille de Korta, on n'est jamais trop prudent. Ils sonnent.

C'est un informaticien qu'ils vont voir, et celui-ci est semblable à ce que l'on pouvait anticiper : l'homme est blanc de teint, négligé d'aspect, et porte d'épaisses lunettes. Et surtout, il marche pieds nus. Chez lui, l'unité de mesure des ordinateurs est bel et bien la dizaine. Sans compter les câbles qui courent en tous sens, les carcasses d'écrans abandonnées à même le sol, les racks de disques durs qui clignotent irrégulièrement.

Joseph rit de façon outrée.

— On est chez le meilleur ici ! L'homme à qui rien ne résiste !

L'informaticien semble avoir encore moins envie que Korta de perdre son temps en plaisanteries.

— Je me suis penché sur votre problème, attaque-t-il sans préliminaires. J'ai obtenu une centaine de pays dans lesquels je vais pouvoir y parvenir. En tout, cela correspond à environ huit cent millions de lignes. Soit potentiellement trois milliards d'individus.

Il sourit. Comme Korta, seul son travail semble un peu l'amuser.

— Ceci dit, tout cela n'a de sens que pour la beauté du geste, car autant faire sonner huit cent millions de téléphones ne pose pas de problème, autant il est évident que ça ne va pas aller plus loin. En imaginant que deux personnes sur trois décrochent dans un intervalle de temps de moins de douze secondes, ce qui semble une bonne approximation, on peut être sûr que l'ensemble des réseaux vont sauter.

Korta, lui, ne fait même pas l'effort de sourire.

— Imaginons que moins d'une centaine de personnes ne décroche...

— Moins d'une centaine sur huit cent millions de lignes ? C'est une plaisanterie.

— Disons plutôt : une hypothèse de travail. Donc, si moins de cent personnes décrochent dans cet intervalle de douze secondes, on pourrait les localiser ?

L'informaticien fronce le sourcil. Il n'aime pas les hypothèses fondées sur un irréalisme aussi imbécile. Mais il est payé pour répondre aux questions. Il s'approche d'un ordinateur.

— Voilà ce que vous aurez sur votre écran : la liste de toutes les personnes qui répondent et leur localisation précise. Avec en prime un point sur la carte. D'ailleurs, si vous menez l'expérience réellement, vous verrez les premières personnes qui vont décrocher. Jusqu'au plantage de chaque commutateur. Notez que je n'ai toujours pas compris quel était votre but.

— Notez que je ne souhaite pas forcément vous l'expliquer, répond Korta sèchement. Je souhaite juste que vous m'indiquiez ce que je dois faire.

L'informaticien ne relève pas le changement de ton. L'a-t-il juste perçu ? Il prend une toute petite clé usb et la tend à Korta.

— Vous la branchez sur un ordinateur. Et, comme on dit dans les bons modes d'emploi, vous vous laissez guider. J'ai fait une petite interface toute simple qui vous permet de lancer l'opération. Le reste, c'est ma petite cuisine.

— Vous me confirmez que c'est intraçable, même depuis le serveur d'une entreprise ?

— Vous plaisantez, j'espère, monsieur Korta ?

Il insiste sur la dernière syllabe du nom de Korta.

Qui ne prend même pas le temps de répondre. Cette question, il l'a posée pour donner le change : puisque, de toute façon, il sera intraçable par principe. Il sera sur son calque. Pendant deux heures quarante-six, à la pêche : son petit recensement.

Un vieux monsieur et sa femme, vêtus d'habits traditionnels égyptiens, préparent un thé et des pâtisseries, dans un petit appartement londonien en cours d'aménagement. Au bout de la pièce, Mahmoud et Vincent sont en train de porter une lourde table.

Le vieux monsieur appelle son fils en arabe. Mahmoud traduit pour Vincent.

— C'est l'heure du thé. Pause obligatoire !

Les deux jeunes hommes, manifestement fatigués par le déménagement, s'asseyent en tailleur autour d'un grand plateau en métal.

La mère de Mahmoud leur sert le thé, tandis que son père se penche vers Vincent, dont il prend la main.

— Merci beaucoup, merci de votre aide.

Il parle avec un fort accent. Vincent a toujours beaucoup aimé les parents de Mahmoud, autant que Mahmoud. Il se sent bien, dans cette famille. Mieux que dans la sienne propre ?

Il croque avec plaisir dans une corne de gazelle. Téléphone. Vincent regarde l'écran, d'un air contrit, et décroche, en s'excusant avec une petite grimace.

— Salut Johanna, comment ça va ?

Mahmoud entend distinctement la voix de la jeune femme, qui est manifestement énervée, à l'autre bout des ondes.

— Vincent, tu devais me rappeler. Tu te souviens qu'on était censé se voir ce soir.

— Ce soir ? Euh... Non c'est impossible. Il y a réunion au Bar Council. C'est très important que j'y sois.

— Tu te moques de moi ? C'est la troisième fois que tu me poses un lapin !

Mimique encore plus gênée de Vincent, qui en rajoute un peu pour faire rire Mahmoud.

— Je suis désolé, Johanna, mais ce soir c'est vraiment essentiel.

— Plus essentiel que moi ?

— Ce n'est pas ce que je veux dire... Mais comme je veux me présenter au... Allô ? Allô ?

Elle a raccroché. Tête faussement catastrophée de Vincent, qui fait rire tout le monde. Il se tourne vers Mahmoud.

— Bon, on finit ce déménagement ? Parce que me faire plaquer, d'accord, mais au moins que je ne rate pas la réunion du Bar Council.

C'est à 20 heures. Et il est déjà 19h07.

Il est 19h07 également, à quelques kilomètres de là, dans le laboratoire d'April. April qui éteint, avec mélancolie, son ordinateur portable. Il lui reste, au mieux, six mois dans ce laboratoire. Six mois pour convaincre que ce qu'elle fait n'est pas une affaire de charlatans. Convaincre qui ? Son ministre de tutelle ? Le Premier Ministre ? La Reine ? Dieu ? April sourit. C'est le genre de blague que lui ferait Joshua. Ton ministre ne te soutient pas ? Faxe tes arguments à Dieu, il est plus sensible à ce type de sujet.

Dieu ? Elle devrait se poser des questions, tout de même. Elle devrait se demander si ce n'est pas Lui qui se venge, Lui qui fait fermer son labo, Lui qui la prive de crédits, Lui qui ne supporte pas qu'on s'amuse à décoder Son organisation du monde.

Elle sourit encore. Il vaut mieux avoir le sens de l'humour, pour faire ce genre de recherches. Tant d'incompréhensions. De mépris. De mauvaises plaisanteries. April a pris l'habitude de ne plus tenter d'expliquer ce sur quoi elle travaille. Le monde comme des feuilles de papier calque, qui peut y croire ? Elle pense aux recherches du français Jacques Benveniste qui, dans les années 1980, travaillait sur la mémoire de l'eau sous les quolibets de ses pairs, et dont on découvre, plus de vingt ans après, qu'il s'est peut-être approché d'une découverte stupéfiante sur la persistance d'ondes électromagnétiques émises par des corps plongés dans l'eau.

Que fera-t-elle, dans six mois ? Elle ira travailler sans doute dans une boîte américaine, comme celle de Korta, qui peut se permettre de sortir quelques millions de dollars pour financer de telles recherches, prête à dégainer les brevets le jour venu.

April rabaisse l'écran de son ordinateur portable. Elle pense à Korta, à cette conversation téléphonique de l'autre jour. Cela l'agace encore plus. Elle a prouvé que c'était possible, qu'on pouvait en isoler un. Elle est à deux doigts d'une révolution dans l'histoire des sciences, et le seul homme qui la croit est un quasi-autiste, acariâtre et méprisant. Joshua dirait : enfin une bonne nouvelle.

Elle éteint la lumière, elle ferme la porte, elle pense, enfin, au bain qu'elle va prendre ce soir. Quand elle pourra ne penser à rien.

Barbara Korta est dans un petit salon privé du Body Beautiful Spa, son institut de beauté, au 4449 de la 24ème rue nord, pour le soin manucure du mardi. La jeune Ophelia s'occupe de sa main droite. Elle est bavarde. Intensément bavarde.

— Moi j'observe beaucoup la patronne, je trouve que c'est intéressant et que c'est important parce que je compte aller loin dans la vie. Peut-être justement que je vais ouvrir mon propre salon.

Elle s'arrête, pour laisser à sa cliente le temps d'intervenir. Mais face au silence, elle n'a pas de raison de ne pas continuer.

— Je sais d'où je viens. Mais je sais aussi où j'ai envie d'aller. Je ne comprends pas les collègues, on a l'impression qu'elles vont faire ça toute leur vie. Toute leur vie ? Il faut de l'ambition, moi je crois.

Ophelia se lève.

— Je commence la main gauche, madame Korta.

Barbara Korta lui tend cette forme avec cinq doigts qui se meut sans grâce.

— Oui, de l'ambition ! Il faut sortir de la masse, quoi. Je n'ai pas envie d'être comme les autres, comme un petit mouton. J'ai envie de sortir du lot, moi, madame Korta.

Borborygme de Barbara Korta, qui peut ressembler à un acquiescement.

Le lendemain matin. Dans les couloirs du Palais de Justice, Vincent marche en essayant d'organiser rationnellement la journée qui s'annonce. Son esprit est encore un peu embué : la réunion du Bar Council s'est poursuivie par une série de bières avec la jeune garde des barristers avec lesquels il parvient, malgré tout, à s'entendre.

Il jette un coup d'œil par la fenêtre, vers les rues animées de Londres. Il fait clair et doux. Vincent porte les dossiers de la matinée. Il doit passer à son casier voir s'il y a du courrier. Quelques pas devant lui, deux appariteurs partent faire leur pause.

Il ouvre la porte des casiers, marquée « Accès réservé ». Dans la petite pièce sans fenêtre, il s'approche de son casier, perdu au milieu de centaines d'autres. Pas de courrier. Il ressort dans le couloir. Vide.

Vincent, surpris, regarde sur sa droite, sur sa gauche. Les appariteurs ne sont plus là. Ni eux, ni aucune des personnes qui étaient dans le couloir quelques secondes auparavant.

Vincent fait quelques pas, puis s'arrête. Silence écrasant. Ce n'est pas normal. Il se passe quelque chose de pas normal.

Vincent s'avance vers les fenêtres qui donnent dehors. Londres est vide. Vide. Qu'est-ce que cela veut dire, vide ? C'est impossible, il y a quelqu'un, il doit y avoir quelqu'un, quelque part. Ce n'est pas possible. Il se passe quelque chose de pas possible.

Vincent reste calme. Il ferme les yeux. Il les rouvre, confiant.

Personne.

Tout est à sa place. La Tamise s'écoule. Les feux de

circulation passent du vert à l'orange au rouge. Des voitures sont garées.

Mais il n'y a personne. Pas un être humain. Pas un homme : une ville devenue coquille vide, et lui, Vincent, qui essaie non pas de comprendre mais tout au moins d'accepter ce qu'il voit.

Qu'est-ce qu'on fait dans ces cas-là ? On repense à ses peurs d'enfant quand couché dans son lit la nuit on écarquillait les oreilles pour entendre des bruits de la vie qui continue, dehors ?

Vincent pose la main sur la poignée de la fenêtre. Ou plutôt, il s'y accroche. De peur de sombrer.

Et puis. Et puis il lui faut peut-être deux ou trois secondes, c'est-à-dire une éternité, pour réaliser ce qui arrive, ensuite : des téléphones, un peu partout, autour de lui, sonnent. Vincent court vers le premier bureau, face à lui : les téléphones posés sur les trois bureaux sonnent en même temps. Il ressort dans le couloir. Un téléphone public, vestige d'avant les portables, sonne aussi.

Les sonneries se superposent, légèrement décalées, créant une sorte de cacophonie qui pourrait n'être pas désagréable dans une autre situation. Mais Vincent n'a pas l'oreille à ça.

Encore plus près de lui, une dernière sonnerie. Dans sa poche. C'est son téléphone portable. Vincent essaie de reprendre ses esprits, mais il n'en n'a pas le temps, il regarde l'écran de son téléphone qui indique : « Appel inconnu ». Il décroche.

Au bout du fil ?

Personne.

Personne ?

***

Mikael Korta lève un sourcil. Il pivote très légèrement, sur son fauteuil, vers l'écran de gauche, à son bureau du laboratoire. Sur l'écran, un nouveau petit point rouge s'est affiché. London, EC4M 7EH. Suivi d'un numéro de portable. Celui de Vincent.

Korta a sa tête des bons jours, c'est suffisamment rare pour être noté. Sur la carte d'Europe qui vient de signaler Vincent, huit points rouges sont déjà allumés : Londres, donc, les Alpes suisses, la campagne tchèque, la banlieue de Munich, Saint-Pétersbourg, un village de Sicile, Lisbonne, un village du nord du Portugal. Et, ailleurs, dans le monde, d'autres points rouges.

Sur l'autre écran de Korta, un iris en très gros plan. Sur lequel des dizaines de petites virgules bleues sont réparties sans sens apparent. Et un compteur temporel, en gros chiffres rouges : « 480 secondes / 9 999 ». Korta jette un coup d'œil à sa montre, sur laquelle le chronomètre débite le même tempo. 481 secondes, 482 secondes...

***

À Paris, dans un hôtel particulier, dans une grande chambre qui donne sur un jardin, une forme massive remue dans le lit. Sur la table de nuit, un téléphone sonne. Un portable également.

La forme massive grogne. C'est un homme qui grogne. Une main solide, cette main de vigneron déjà vue à Martigné-Briand, tâtonne en direction de la table de nuit. Décroche le téléphone filaire. Le ramène sous la couette, près d'une oreille elle-même cachée par des cheveux.

Au bout du fil ?

Personne.

Le téléphone portable continue à sonner. L'homme dans le lit jure, balance le téléphone filaire par terre, et se rendort.

***

Korta sort de son laboratoire. Il se dirige vers le parking. Il n'y a personne, c'est la nuit. Korta sort ses clés de sa poche, il déverrouille son 4x4 qui fait son bip plaintif en clignotant une fois.

Mais Korta se ravise. Re-clic sur les clés. Re-bip plaintif. L'ingénieur se tourne vers un gigantesque semi-remorque de la Biometrics Inc. Il rentre dans la cabine. Attrape un tournevis. Casse le démarreur. Arrache les fils.

Une alarme retentit, Korta sursaute. Puis un léger sourire se dessine sur son visage. Il connecte les fils du démarreur entre eux. Étincelle : le camion démarre. Il met un disque dans l'autoradio. C'est du Vivaldi ou l'un de ses admirateurs. Korta met le volume à fond, jusqu'à couvrir le bruit de l'alarme.

Il enclenche la marche arrière. Les douze tonnes du camion se mettent lentement en branle puis accélèrent jusqu'à heurter la bordure d'un bosquet. Korta freine en souriant.

Il passe la première. Fait ronfler le moteur, puis démarre. Droit vers la barrière de sortie du parking. Que le camion défonce presque sans bruit.

Les rues de Phoenix sont vides, et pourtant tout semble normal. Les vitrines des magasins sont allumées, les feux se succèdent sagement, vert, orange, rouge.

Dans son camion, Korta, mâchoire conquérante, rythme de son visage les cordes hystériques du disque, et fonce à toute allure dans les rues sans respecter la moindre signalisation.

Il regarde sa montre chronomètre. 9700 secondes. Il accélère. Tourne brutalement à quatre-vingt-dix degrés. La queue du camion se déporte et heurte violemment la vitrine d'un magasin. Explosion de verre et alarme stridente. Korta jubile. Il accélère encore, et s'amuse à serrer une file de véhicules garés dans une rue résidentielle. Étincelles et nouveau concert d'alarmes.

Il tourne à droite, accélère une dernière fois en se cramponnant au volant. Il se dirige vers un petit immeuble situé juste derrière un petit square avec des jeux d'enfants. Il quitte la rue, monte sur le petit talus, écrase au passage un cheval à bascule et finit sa course dans la vitrine d'un magasin de farces et attrapes qui explose bruyamment.

Korta descend du camion dans les débris de verre, satisfait. Il pénètre dans l'immeuble. Monte au deuxième étage, s'arrête devant la porte 22. Presque désinvolte, Korta donne trois coups de pied violents dans la porte. Personne ne semble réagir. Il est cinq heures douze du matin.

Il regarde sa montre. 9990 secondes. Encore neuf secondes, et son chronomètre fait un petit bip.

Korta arrête le bip. Il sonne à la porte 22. Il est cinq heures treize du matin. À l'intérieur, des grognements.

Joseph ouvre la porte. Hirsute est un mot qui convient très bien pour le décrire. Et d'une humeur de chien.

— Qu'est-ce que vous faites là à cette heure-ci ?

— Je me suis dit que vous étiez moins bavard au réveil, répond Korta sans même sourire.

Il entre dans la pièce sans attendre que Joseph le lui propose, sort un carnet de notes de sa poche, déchire une page, et, sans même s'asseoir, entame la restitution de l'ensemble des numéros de téléphone, noms et localisations qu'il avait dû mémoriser durant l'épisode qui vient de se dérouler. Pour un cerveau aussi fasciné par l'ordre que celui de Korta, retenir quelques dizaines de numéros de téléphone associés chacun à une ville n'est pas un problème.

Korta tend la feuille à Joseph qui s'assied, sans rien dire, sur son petit canapé au cuir douteux pour regarder la liste. Quoique regarder soit un grand mot pour qualifier l'œil lourd de l'homme encore à demi endormi.

— Vous choisissez l'ordre que vous souhaitez, précise Korta. Dès que vous avez pensé avoir repéré quelqu'un, vous passez aux photos.

— Oui... Vous m'aviez expliqué.

— Je vous l'ai déjà expliqué, mais je n'ai qu'une confiance limitée en votre rigueur. Donc : une photo de pied, et un cliché en haute définition de l'œil gauche. À chaque nouvelle photo, vous me l'envoyez. Dix mille dollars par personne.

La somme réveille Joseph d'un coup. Il se lève et rejoint Korta qui regarde par la fenêtre.

— Il n'y aurait pas la possibilité d'une petite avance ? demande-t-il plaintivement.

Korta lui tend une enveloppe sans rien dire. Il continue de regarder dehors, fasciné.

Le magasin de farces et attrapes est intact. Le petit square avec les jeux d'enfants est intact. Tout est intact. Et le camion, qui était encastré dans la façade d'en face, n'est plus là.

Joseph a fini de compter l'argent. Il semble satisfait. Il réalise que Korta a un drôle de regard.

— Il y a quelque chose qui ne va pas ? Votre voiture n'est plus là ?

Korta sourit.

— J'ai pris les transports en commun.

S'agissant de la ville de Phoenix, cela ne peut être qu'une plaisanterie.

Dans la lointaine périphérie de Phoenix, dans ce qui ressemble déjà au désert : Maria rentre chez elle. Chez elle, c'est une grande caravane garée non loin d'un échangeur autoroutier. Maria sort de sa vieille Ford jaune. Elle regarde cet échangeur, si bruyant d'habitude, là désespérément vide. Elle entre dans la caravane. Vide, vide, vide. Maria pleure encore un peu, il ne lui reste plus beaucoup de larmes. Elle s'approche d'un buffet et attrape un petit cadre dans lequel est soigneusement rangée la photo de toute sa famille : son mari et ses trois enfants. Maria ouvre le cadre, et prend la photo. Elle se retourne vers l'autel au fond de la caravane. Une petite loupiote continue d'éclairer la Vierge de Guadalupe. Maria regarde le chapelet en plastique et les vignettes des saints que sa vieille mère lui envoyait régulièrement par la poste. Maria ferme les yeux. D'un geste violent, elle envoie tout à terre. Et elle insulte son Dieu, qui l'a abandonnée.

Dans la caravane, Carlito regarde avec intensité le petit autel, les vignettes des saints, le chapelet et la statue de la Vierge en plastique. Tout est en place. Il murmure une prière secrète.

Derrière lui, son grand frère traduit ce que disent les deux policiers à son père. Son père qui n'a jamais réussi à apprendre l'anglais. Sur les chantiers où il travaille, il n'y a que des Mexicains, de toute façon.

— Elle a dû se barrer avec son amant, dit le policier.

— Il dit que maman est peut-être partie avec quelqu'un, traduit le jeune homme.

Son père fait non de la tête. Il ne dit rien. Il fait juste non.

Dans la toute petite chambre, le plus petit des trois garçons se réveille en pleurant.

— Nous allons poursuivre l'enquête, reprend le policier qui remet déjà ses lunettes de soleil, mais je vous rappelle que votre femme a parfaitement le droit de quitter le domicile familial. Elle est majeure.

De fait, ils ne poursuivront pas l'enquête. Ils ne prendront même pas la peine d'observer les images enregistrées par les caméras de surveillance du hall d'entrée de Biometrics qui, le 21 mai à l'aube, l'ont filmée, pour la dernière fois, en train de se diriger vers le bureau numéro 12, celui des ingénieurs Korta et Anklard.

Quelques jours plus tard, Vincent est sur son scooter, dans les rues de Londres. Son vieux scooter, cheval des temps modernes : il lui parle comme à un animal. Et quand il faut aller chez le garagiste, il a le cœur serré.

Il parle dans son téléphone portable coincé sous son casque.

— Oui maman... D'accord, je n'oublierai pas. Oui, oui tout va bien...

Il a un temps d'hésitation, un temps d'hésitation que sa mère saisirait si elle était en face de lui, car on ne trompe pas une mère, on ne la trompe pas, sauf avec les technologies modernes de communication qui parce qu'elles permettent de parler au beau milieu d'une route et parce qu'elles compressent la voix de manière exagérée, font office de mensonge par omission bien pratique.

— Papa va bien ? Tu l'embrasses... Oui, là je vais boire un verre avec Peter. D'accord. Allez, à bientôt.

Vincent a vu un feu passer à l'orange. C'est le bon moment pour terminer une conversation téléphonique. Il s'arrête. Il range son téléphone dans sa poche.

Et, à nouveau, à nouveau depuis le jour du Palais de Justice, une ombre d'angoisse s'empare de Vincent. Vite, il regarde autour de lui. Mais tout va bien. Le monde est encore là. Le monde est encore là. Comment pourrait-il en être autrement ? Et pourtant, l'autre jour... Vincent se demande s'il ne devrait pas en parler à quelqu'un. Mais à qui ?

À qui peut-on avouer qu'on s'est retrouvé, pendant une quasi-éternité, seul dans un monde qui continuait à fonctionner comme si de rien n'était ? À qui peut-on raconter cette angoisse qui a duré plus de deux heures, moment de révolte puis forme de résignation, et puis soudain le retour à la normale, comme si rien n'avait eu lieu. Comme si c'était, vraiment, au sens propre du terme, un cauchemar.

Le feu passe au vert. Vincent redémarre. À qui peut-on parler ? Logiquement, à son frère. Peter attend Vincent dans le pub où ils se retrouvaient souvent, quand ils faisaient leurs études, l'un de commerce l'autre de droit, qu'ils se parlaient encore, qu'ils riaient ensemble, qu'ils étaient heureux de se voir.

Vincent se gare, range son casque, accroche l'antivol, rentre dans le pub, embrasse son frère. Avant de s'asseoir, il commande au bar une pinte de Guiness. Il plonge ses lèvres dans le liquide noir. Il respire. Il se détend. Il sourit à son frère.

— Alors, tu es content avec ta Mazda ?

— Content, ce n'est pas le terme, mais enfin elle marche. Non, ce qui m'embête plus, c'est mon histoire de crédit-relais, tu sais, pour acheter la maison.

Le sourire de Vincent se fige. Cette fois encore, ce sera raté. Cette fois encore, ce sera inutile. Ce seront des banalités. Ce sera un évitement permanent. De peur de quoi ? De se dire vraiment des choses ? De se faire du mal, à se dire qu'on n'a plus rien à se dire ?

***

Vincent est à nouveau sur son scooter. Il rentre chez lui. Il a décidé de ne pas penser à Peter, donc il ne pense pas à Peter. Son cerveau s'est mis à ordonner les dossiers qu'il va traiter demain, d'abord à la permanence de l'association, puis l'après-midi au tribunal.

Il arrive au pied de son appartement, dans cette petite

rue calme où il laisse son scooter sans grande crainte, l'âge de l'animal étant la meilleure des protections contre le vol. Il le gare. Il range le casque. Il ferme l'antivol. Il se dirige vers l'entrée de son immeuble.

Deux hommes surgissent de nulle part. L'un plaque Vincent sur le capot d'une voiture, et l'autre braque un appareil photo numérique sur son œil gauche. Rafale de flashs. Ça dure cinq secondes au plus. Vincent se débat.

Joseph se tourne vers l'autre homme.

— C'est bon.

Ils disparaissent aussitôt, laissant Vincent, hébété, une main posée sur la voiture, ébloui. Presque encore plus surpris que quelques jours plus tôt. Il est 21h12.

Vincent rentre chez lui : il va boire quelques whiskys avant de se coucher, ce sera plus raisonnable.

Mikael Korta est assis, presque détendu, face à Aaron Fichte, dans le grand bureau vitré de ce dernier. Il est dix heures vingt-trois.

— Tout tourne autour du regard, dit Korta, les yeux brillants. Pour que l'isolation fonctionne, il suffit qu'aucun regard ne soit porté sur vous. À partir du moment où c'est le cas, le processus se met en place, pour 9 999 secondes au mieux. Deux heures quarante-six. Mais, comme je viens de vous l'expliquer, si quelqu'un vous regarde, l'isolation est retardée d'autant. Et peut même n'avoir jamais lieu, si tant est que le regard ne se relâche pas pendant ces 9 999 secondes. Vous me suivez ?

— Je n'essaie pas de vous suivre, mais de vous précéder, monsieur Korta. Ce n'est pas que votre analyse scientifique ne m'intéresse pas, mais, notez-le vous-même, vous vous exprimez de manière désinvestie. Tentez de laisser vos recherches à l'extérieur de cette pièce, pour vous concentrer ici sur vous-même. Votre personnalité. N'est-ce pas.

— Mais, s'agace Korta, imaginez que vous avez Einstein en consultation en 1905. Qu'est-ce qui vous intéresse le plus : ses relations avec sa mère, ou la relativité restreinte ?

— Ah, souligne Fichte. Einstein. Vous vous comparez à Einstein : est-ce à dire que vous ne vous sentez pas assez reconnu ?

— Ce n'est pas un problème de reconnaissance. C'est un problème de théorie. Je suis en train de vous expliquer la théorie des calques, que personne au monde ne connaît, vous devriez prendre deux minutes de votre temps pour tenter de comprendre. Ce n'est pas simplement une hypothèse, c'est quelque chose dont je viens de démontrer que c'est réel.

Fichte a un petit rire.

— Le réel, mon Dieu. Ne partons pas par là. Le réel...

Il se reprend aussitôt.

— Lorsque vous parlez de calque, est-ce que vous faites référence à un groupe d'individus qui vous paraît proche de vous ? Plus proche que ne le sont votre famille, vos amis, vos collègues ?

— Mais docteur, implore presque Korta. Ce n'est pas une construction mentale, c'est une vraie découverte scientifique. Je ne suis pas seul à travailler là-dessus.

Il ne sait quoi dire pour convaincre Fichte. Ces séances l'épuisent mais l'excitent en même temps. L'autre lui résiste, mais se doit de l'écouter.

— Ce n'est pas que dans ma tête...

— Lorsque vous me montrez votre tête, c'est que vous pensez à votre maladie. N'est-ce pas. Est-ce que l'idée d'avoir découvert quelque chose vous permet de vous sentir plus fort que la tumeur ? Que votre force mentale l'oblige à n'être pas maligne, à devenir bénigne ?

Korta, d'habitude si colérique, parvient une fois encore à se maîtriser.

— Docteur, j'aimerais vraiment que vous compreniez. Il n'y a rien qui soit techniquement compliqué. La population mondiale est organisée en groupes aléatoires qu'on appelle, par pure convention, des calques, juste parce qu'ils se superposent les uns aux autres. Chaque calque peut regrouper entre une et quatre-vingt-dix-neuf personnes. Et les calques peuvent...

— Monsieur Korta, l'interrompt Fichte sans ménagement, il est dix heures et demi. Nous allons nous arrêter là.

Il se lève et reste droit, derrière son bureau. Pour signifier qu'il n'écoutera plus. La séance est terminée, c'est non négociable. Korta sort trois billets de cent dollars qu'il pose sur le bureau en acajou. Toujours sans rien dire, Fichte lui serre la main. C'est le rituel.

Korta sort de la pièce. Fichte est toujours debout, la main posée sur le dossier de son fauteuil. Il regarde le cuir de ce dossier. Sa main se crispe. Une fois encore, une fois de plus, il tente de s'en empêcher. Mais n'y parvient pas : il plonge le visage et lèche, goulûment, le cuir. Puis il prend un kleenex et essuie avec application la marque de salive. Il jette le kleenex dans sa corbeille. Et se rassied, apaisé.

Il se penche vers le petit micro de son dictaphone numérique et appuie sur la touche Enregistrement.

— Encore une séance éprouvante avec Mikael Korta...

April est dans le métro londonien, station Leicester Square. Elle aime le métro, même aux heures de pointe : faire partie d'une société, c'est aussi cela. Être, aux mêmes heures que les autres, dans les mêmes activités, a quelque chose de rassurant.

Cela tombe bien : c'est l'heure de sortie des bureaux, et il y a du monde. April, comme beaucoup de ses voisins, ne lit ni n'écoute de la musique. Elle continue à gérer les informations de la journée, et dans son cas il est question de lignes de code, de programmation d'hypothèses et d'algorithmes permettant de les tester du mieux possible.

La jeune femme, toujours à l'image de ses voisins, est fatiguée – après tout, c'est la fin de la journée. Parce qu'elle est assise, parce qu'elle est bercée par le roulis du métro, elle s'endort un peu avant Green Park. Sommeil léger qui permet d'entrouvrir les yeux à chaque station pour vérifier.

Hyde Park Corner. Knightsbridge. Puis elle rate la suivante ; cette fois-ci, elle dort vraiment. Et encore la suivante.

Elle se réveille en sursaut : elle est seule dans son wagon. À 18h30 ? April regarde, fascinée, les sièges autour d'elle, vides. La bouche grande ouverte, les yeux brillants. Sa main droite serre le barreau qui délimite l'espace avec le siège suivant. Elle n'en revient pas. Ça y est, ça lui arrive, ça lui arrive enfin. Depuis le temps qu'elle en rêvait. Son calque a été isolé ?

Et puis non : elle voit, à travers la petite porte de séparation d'avec le wagon suivant, un groupe de passagers en train de bavarder tranquillement. Le métro freine : Earl's Court. Il y a des passagers sur le quai, certains montent dans son wagon : tout est normal.

April sourit. Elle est la seule, presque la seule au monde, à pouvoir vivre ça : il n'y a plus personne dans le métro, et cela n'est pas étonnant. Elle est presque la seule, ce qui transforme cet étonnant effet du hasard, ce wagon soudain vide alors que trois stations auparavant il était rempli à craquer, en probabilité valable de la théorie qu'elle tente de démontrer.

Vincent est soucieux. Il appuie sur l'interphone, il fait un sourire à la caméra et à Madeleine qui lui ouvre la porte.

L'appartement de la jeune femme est en tous points conforme à ce qu'on attend d'elle : grand, lumineux, avec de la moquette épaisse et des luminaires achetés très cher sans le moindre discernement esthétique. Madeleine est dans sa cuisine, Vincent au téléphone dans le salon.

— Non, Manuella, ce n'est pas un problème. J'avais dit que je le faisais, je le ferai…

Il regarde les DVD de Madeleine : « Maigrir sans effort », « Un exercice par jour », « Gym Tonic », consciencieusement rangés au pied d'un vélo d'appartement flambant neuf. Vincent lève les yeux au ciel.

— À demain Manuella.

Il raccroche. La journée ne s'arrête jamais, mais il aime ça.

— Tu aimes ça, hein, que la journée ne s'arrête jamais ?

Madeleine le regarde en souriant. Elle dépose sur la table deux assiettes en carton. Vincent s'approche pour l'aider. Madeleine croit voir un reproche dans son regard.

— Je suis désolée, mon lave-vaisselle est en panne, et je n'ai pas eu le temps de prendre rendez-vous avec un plombier.

Vincent met quelques secondes avant de comprendre. Pas de lave-vaisselle implique assiettes en carton… Il se prépare à dire une méchanceté, mais se ravise. À quoi bon ? Il est trop tard, maintenant, pour la changer. Et pourtant, quand ils avaient vingt ans, tout était encore possible. Elle était drôle, elle était légère, et, même, elle était mince.

Madeleine regarde Vincent en souriant.

— On m'a dit que tu avais eu une histoire avec Johanna, la cousine de Mark, c'est vrai ?

Vincent sourit aussi, d'un sourire légèrement jaune.

— C'est vrai, mais ça n'a pas duré.

Madeleine lui caresse le visage avec douceur.

— Au fond, tu es comme moi, tu n'as pas encore tourné la page.

— La page ? Quelle page ? demande Vincent, qui croit se douter de la réponse.

— La nôtre...

— Madeleine, je l'ai tournée, notre page, soupire-t-il. Je l'ai largement tournée. On a eu une belle histoire, on était jeunes, voilà. Maintenant, on a deux vies différentes. Ça se voit, non ?

Madeleine explose d'un petit rire hystérique.

— Et sinon, quoi de neuf ?

Vincent se demande une nouvelle fois s'il peut lui faire confiance. Après tout, c'est une avocate. Malgré tous ses défauts, elle n'a pas de raison de ne pas savoir tenir un secret.

— Écoute, il m'est arrivé quelque chose de bizarre...

— Merde ! Mon gigot !

Madeleine court vers sa cuisine, et se précipite vers son four.

— Ouf... Il n'a pas cramé.

Ouf, il n'a pas cramé. Vincent comprend que ce n'est pas à Madeleine, non plus, qu'il va arriver à raconter ce qui lui arrive. Pendant qu'elle prépare son plat, il jette un coup d'œil à ses journaux. Il y a dix ans, elle adorait déjà les tabloïds les plus extrêmes, aujourd'hui c'est sans doute la dernière chose de non-conformiste qu'il lui reste. Et encore : combien sont-ils, ces Londoniens BCBG avec le Sun à la main ? Vincent regarde, amusé, les titres déchaînés, qui parlent de joueurs de football et de starlettes de la télé que tout le monde aura oublié dans cinq ans.

Dans la pile, il y a *News of the world*, l'hebdomadaire des nouvelles délirantes, parfois fondées sur quelque chose de vrai. Vincent s'arrête sur un titre, stupéfait : « L'acteur français Roger Montesquiou attaqué pour une photo de son œil ». Et, en sous-titre : « Trafic d'organes de star ? »

Vincent se jette sur l'article. Dans quelques heures, il vérifiera, sur internet, que les informations données sont plus ou moins exactes, quoique lapidaires. Issues d'une dépêche de l'Agence France Presse qui raconte que deux hommes ont attaqué Roger Montesquiou alors qu'il sortait de chez lui, seul. Qu'ils l'ont plaqué sur le capot d'une voiture et que l'un des deux a fait quelques clichés de son œil gauche. Que l'acteur a porté plainte.

Madeleine arrive avec son gigot fumant.

— Tu vas voir, il est délicieux ! Saignant comme tu aimes.

Vincent ne l'écoute pas. Son cerveau file déjà vers Paris.

Mikael Korta, dans sa cave-bureau, en cherchant un câble pour son imprimante, a mis la main sur un carton dans lequel il avait rangé ses journaux intimes d'adolescence. Il les relit avec l'intérêt du scientifique qui observe un phénomène qui lui est étranger, lors même qu'il en est l'auteur. Sans émotion aucune, avec pas mal d'étonnement.

> « Qu'est-ce qui te relie à ces corps solidement délimités, à ces corps parlants doués d'yeux qui clignotent, plus étroitement qu'à un objet quelconque, disons à ce stylo dans ta main ? Serait-ce que tu es de la même espèce qu'eux ? Mais tu n'es pas de leur espèce, c'est bien pour ça que tu as soulevé la question. »

Il avait dix-sept ans. Qu'y a-t-il de changé ? Il y a : le fait que maintenant il ne prendrait plus le temps de l'écrire. Et il y a : le fait que maintenant il va le mettre en application.

Vincent sort de la station Boissière, dans le XVIe arrondissement parisien. Il marche quelques minutes dans ces somptueuses rues haussmanniennes qu'il ne prend même pas le temps de regarder.

Il s'arrête devant la façade d'une petite maison individuelle, couverte de lierre. C'est rare, à Paris, les maisons. C'est si rare qu'il y a, de l'autre côté de la rue, un homme avec un gros appareil photo assis sur un scooter. En train de fumer une cigarette : un paparazzi.

Vincent l'aperçoit et s'approche de lui. Il s'adresse à lui en anglais.

— Excusez-moi, est-ce que vous savez si c'est la maison de Roger Montesquiou ?

Le photographe répond en anglais, avec un épouvantable accent français.

— Non, c'est la maison de la reine d'Angleterre !

Il éclate d'un rire gras. Vincent hausse les épaules et se dirige vers la porte. Le photographe l'apostrophe dans son anglais maladroit.

— Tu as rendez-vous ?

— Non, répond Vincent, sans vraiment se retourner.

— Alors tu peux rester avec moi à attendre. Tu pourras peut-être lui glisser un mot s'il sort en moto.

Cette fois, Vincent se retourne vers le Français. Il s'apprête à parler, puis se ravise.

Il s'arrête devant la porte. Sonne. De son scooter, le photographe le regarde d'un air goguenard.

Vincent parle à l'interphone. Il attend une seconde. Il parle à nouveau. Et la porte s'ouvre, devant les yeux du paparazzi stupéfait, qui réalise, trop tard, qu'il n'a même pas pensé à faire une photo du mystérieux inconnu.

La maison de Roger Montesquiou donne, par l'arrière, sur un petit jardin charmant, et c'est là que Vincent et l'acteur français sont installés. Autour d'une vieille table en fer forgé. Sur laquelle est posée une bouteille du vin de Montesquiou. Un côteau-du-layon, produit à Martigné-Briand, Maine-et-Loire.

Montesquiou parle un anglais très correct, mâtiné d'un accent français rocailleux. Il fait partie de cette infime proportion d'acteurs français ayant percé à Hollywood. Mais après quatre ou cinq blockbusters, il a souhaité revenir en France : le vin, Paris, les femmes, le théâtre ? Un peu tout cela.

— Oui, c'est sûr que ce sont les mêmes hommes qui ont fait la même chose. Mais pourquoi ?

— C'est-à-dire que dans votre cas, on peut toujours monter des hypothèses, répond Vincent. Je veux dire, à cause de votre notoriété. Mais moi ? Et surtout quel rapport entre nous deux ?

— Je ne pense pas qu'on ait des liens de famille cachés, sourit l'acteur français. Quoique mon père aurait bien été capable, avec une petite anglaise en vacances sur le continent, à Blois, dans les années 1970...

— Ma mère n'a pas mis les pieds en France avant 1989, répond Vincent, un peu sèchement.

— Je plaisantais ! reprend Montesquiou, qui éclate d'un rire phénoménal.

Vincent fait un sourire poli.

— Est-ce que ça vous embête si je prends une photo de votre œil ? demande-t-il à Montesquiou, qui fronce aussitôt les sourcils.

— Vous n'allez pas la revendre ?

— Non, c'est juste pour tenter de comprendre ce qu'ils cherchaient.

— Comprendre ?

Montesquiou se penche vers Vincent. Leurs deux visages sont à quelques centimètres de distance.

— On n'a même pas la même couleur d'yeux, s'amuse l'acteur.

Vincent comprend que cela vaut assentiment. Il sort son petit appareil numérique, et, en mode macro, fait quelques clichés de l'œil gauche de Montesquiou.

Celui-ci se lève et fait quelques pas.

— Vous connaissez Albert Tromitos ?

— Non, répond Vincent. Il travaille sur les yeux ?

— Les oreilles. Les oreilles. Il m'a rééduqué. Quand j'étais enfant, il y avait toute une série de sons que je n'entendais pas. Entre ma mère, la Josette, qui nous criait dessus, et le Mimile qui ne parlait jamais, jamais, comment est-ce que j'aurais pu développer une écoute normale. Certaines fréquences, je ne les entendais pas. Sourd, mais sourd de certains bruits. Alors bien sûr, j'avais du mal à parler. Et à apprendre par cœur.

Il s'arrête. Il ferme les yeux. Il récite. Du Shakespeare. En anglais.

— Ah mes amis, les Dieux ont fait en sorte que j'aie, un jour, besoin de vous : sinon, pourquoi seriez-vous mes amis ? Pourquoi porteriez-vous ce titre si vous n'étiez pas si importants à mon cœur ? Je pense plus souvent à vous que vous ne le faites vous-mêmes, je peux vous l'assurer. Mais à quoi bon avoir des amis si on n'estime pas en avoir besoin un jour ?

Vincent le regarde, fasciné.

— Je ne connais pas, indique-t-il à Montesquiou.

— *Timon d'Athènes*, répond l'acteur presque en passant,

avant de reprendre : un jour j'ai rencontré Tromitos. Et il m'a fait écouter du Mozart. Tous les jours. Du Mozart. Ça m'a complètement débloqué. Vous connaissez Mozart ?

Vincent ne sait quoi dire. Évidemment qu'il connaît Mozart.

— Évidemment que vous connaissez Mozart. Mais je vous parle de l'autre Mozart. Vous le connaissez ?

Il n'y a toujours pas de réponse valable à apporter à ce genre de question.

— Le *Quatuor des dissonances* ? Vous l'avez déjà écouté ?

***

Ils sont, tous les deux, dans le salon. Ils ont, tous les deux, un gros casque sur les oreilles. Ils écoutent, tous les deux, le Quatuor K465 de Mozart, dit *Quatuor des dissonances*. Quelqu'un qui les verrait là, tous les deux, à vibrer en même temps à la finesse du *lamento*, à sursauter lorsque le premier violon reprend, à pleurer presque lorsque le violoncelle dissone tellement qu'il semble qu'il va partir, ailleurs, seul, quelqu'un qui les verrait là se dirait : ils sont amis depuis si longtemps.

Le désert de l'Arizona est d'une blancheur qui fait mal aux yeux. La Ford jaune qui roule semble d'une couleur intense alors que, vue de près, elle est presque grise de poussière.

Sur la route, une espèce de drive-in à l'abandon. On distingue à peine son nom : Drive El-Derem.

La Ford jaune s'arrête. Maria en sort. Elle a toujours cet air hagard. Toujours seule. Perdue dans un monde qui semble continuer à exister comme si de rien n'était. Maria a soif. Elle espère trouver une vieille cannette de coca mais cela fait longtemps qu'il n'y a plus rien à Drive El-Derem. Le restaurant a été fermé avant, bien avant ce moment où Maria a été projetée dans cet autre monde. Un autre monde ? Le même, pourtant. Le même, sauf qu'il manque un peu plus de six milliards de ses habitants.

Sur le toit du Drive, Maria aperçoit une bassine qui récupère l'eau des maigres pluies de l'Arizona. Une bassine reliée à un robinet.

Maria essaie d'ouvrir le robinet. C'est rouillé, ça ne tourne plus. Elle insiste, n'y parvient pas.

Que peut-elle faire ? Se mettre à crier, à quoi bon ? Puisqu'il n'y a personne pour l'entendre. Elle fait un tour, et trouve, à défaut d'une clé à molette, un gros bâton. Elle tape, brutalement, violemment, pour faire sortir quelque chose qui est en elle, elle tape sur le robinet qui casse d'un coup.

L'eau jaillit. L'eau coule. Maria se précipite sous le robinet, pour boire, pour se rafraîchir le visage. Pour se mouiller les cheveux. Et pour faire comme si elle arrivait à pleurer.

Dans l'Eurostar du retour, à quelques minutes de l'arrivée à Londres, Vincent repose l'exemplaire de *Timon d'Athènes* que Montesquiou lui a passé : une édition bilingue français-anglais, traduite et présentée par le professeur François Laroque, de la Sorbonne. Drôle de pièce. Mal faite, assurément : même Vincent qui n'est pas un spécialiste de Shakespeare, ni d'ailleurs de théâtre en général, s'en rend compte. Elle oppose mécaniquement les deux facettes d'un même personnage, Timon, au départ d'une générosité extrême, et qui, ruiné, réalise que ses amis n'en voulaient qu'à son argent et qui devient d'une misanthropie sans égale. Le retournement est bien trop rapide, et les deux parties se répondent de façon beaucoup trop répétitive. Mais Shakespeare reste Shakespeare, et la force de la pièce l'emporte sur ses faiblesses. Ainsi lorsque Timon organise à nouveau un banquet pour ses « amis » : quand les serviteurs soulèvent les couvercles des plats, ceux-ci ne contiennent que de l'eau fumante.

— Puissiez-vous ne jamais goûter à meilleur festin. Vous, amis de bouche : la fumée et l'eau chaude vous iront on ne peut mieux. Voici le dernier don de Timon qui, tout couvert et gluant de vos flatteries, s'en lave et vous jette à la figure votre lâcheté fumante.

Vincent lit dans sa tête.

— Que les maisons brûlent ! Qu'Athènes s'écroule ! Et que désormais l'homme et l'humanité entière soient haïs par Timon.

Vincent sourit. Est-ce à cause de lui, ou à cause de la pièce ? Il ne croit pas vraiment à ce déchaînement de folie misanthrope. C'est un peu naïf. Il range le livre. L'Eurostar est en train de freiner. On arrive.

À Paris, au même moment, Montesquiou travaille sur son texte. Il aime le répéter, seul, dans son jardin. C'est le moment où Timon, encore philanthrope, répond à Apemantius, déjà misanthrope, qui lui demande : « À quoi bon ces fêtes, ce luxe, ces vaines dépenses ? »

— Ah non ! Tu te mets encore à te plaindre de la société : je n'ai plus rien à te dire. Adieu, et reviens-moi avec des paroles plus douces.

Mikael Korta est dans son bureau privé, dans le sous-sol de sa maison. Sa femme Barbara est-elle là ? Il ne le sait même pas, s'en désintéresse assez nettement. Il est entré directement par l'extérieur, n'a pas pris le temps d'aller chercher quelque chose à manger. Sur son bureau, il a posé le dossier de photos envoyées par Joseph. Il commence par scanner chaque iris pour comparaison : précaution presque inutile, à l'œil Korta arrive pratiquement à voir la structure de l'iris, la ressemblance avec la sienne. Comme un étiqueteur finit par reconnaître un code-barres dont le segment de début lui est connu. Certains iris ne sont manifestement pas les bons : soit que Joseph s'est trompé de personne, soit plus probablement que l'individu qui avait répondu au téléphone n'était pas le propriétaire de la ligne. Korta balance ces photos à la poubelle et les coche sur sa liste : Joseph devra continuer à chercher.

Les bonnes photos, il les affiche sur son mur, non plus l'iris mais la personne elle-même. Tout en haut du mur, il y a sa photo. En-dessous, une série de clichés parmi lesquels Vincent et Montesquiou, et d'autres, des hommes et des femmes. En-dessous encore, Korta a rageusement rajouté la mention ROW. ROW : « Rest of the world ». Il regarde ces trois lignes : lui, son calque, le reste du monde. Elles vont disparaître, les unes après les autres. Dans un ordre qui ne semble pas logique mais qui l'est pourtant. Celle du milieu d'abord : ceux avec qui il partage son calque. Celle du bas ensuite : le monde. La sienne enfin : lui. Il sera le dernier homme.

Korta relève la tête. Il prend son téléphone portable. Il compose un numéro.

— Joseph ? C'est Korta. Il faut qu'on se rappelle très vite. Comme d'habitude, sur la cabine.

On a beau être aux États-Unis, il reste encore, ici ou là, quelques cabines téléphoniques. Elles servent si peu aux citoyens lambda que les autorités seraient bien inspirées de les placer toutes sur écoute.

Encore un quartier chic du grand Londres. Vincent gare son scooter devant une villa environnée d'arbres centenaires. Au pied de l'escalier, une grande plaque en bronze précise : *Pr Nicholas Bourbaky.* C'est bien là : Vincent grimpe quatre à quatre. Il sonne. Il est introduit.

Dans une petite salle, où une jeune femme vêtue d'une blouse blanche l'assied dans un fauteuil en lui expliquant ce qui l'attend.

— Nous avons besoin de réaliser un film de quelques dizaines de secondes de votre iris. Afin de réaliser une empreinte animée. Pour que votre pupille soit la plus petite possible, nous allons vous projeter des images lumineuses pendant ce temps-là.

Vincent n'a pas l'air très rassuré.

— Vous n'avez pas l'air très rassuré, sourit l'infirmière. Ne vous inquiétez pas, c'est sans la moindre douleur.

Elle sort de la salle. Devant Vincent, sur un écran de grande taille, la projection commence. Légèrement désaxée, une caméra filme l'iris gauche de Vincent.

Le film est en noir et blanc. Mais en négatif, afin d'accroître les blancs, et de contracter d'autant mieux la pupille.

Sur l'écran, un petit garçon joue dans une grange. Une voix off commente.

— Ignaz von Peczely, le fondateur de l'iridologie, est né en 1826 à Budapest. C'est durant son enfance que se produit l'événement qui va déclencher une révolution dans la science médicale. Dans le hangar où ses parents rangent leurs outils, le petit Ignaz recueille un hibou dont la patte est cassée. Or le garçon remarque que le hibou a une tache dans l'iris gauche.

Images d'un œil avec une tache. Puis d'un cabinet de médecine du XIXe siècle. Un patient est allongé devant un médecin barbu, qui lui pose un plâtre sur une jambe.

— Les années passent. Peczely, qui s'est illustré durant la révolution hongroise de 1848 et a même fait de la prison, est maintenant médecin. Un jour de 1860, il note qu'un de ses patients qui s'est fracturé la jambe a une tache à l'iris gauche. Cette tache est la même que celle qu'il avait découverte, bien des années auparavant, sur l'œil du hibou.

Un iris en gros plan. Une flèche indique la tache. L'écran se divise en deux parties, et l'iris du hibou revient à côté. Même flèche, même tache. C'est d'un didactisme pompeux.

— C'est le début de l'iridologie, science à laquelle von Peczely consacrera sa vie, publiant en 1880 son *Introduction à l'étude du diagnostic par les yeux*. Son neveu, August von Peczely, poursuivit l'œuvre d'Ignaz en fondant le Congrès International d'Iridologie au début du XXe siècle.

Toujours en négatif, des images de congrès de médecins, puis l'Amérique des années 1950.

— En 1950, le docteur Bernard Jensen, installé en Californie, développe la science iridologique aux États-Unis, insistant sur la menace que représentent les toxines, particulièrement visibles dans l'iris.

Une carte de l'iris, précisant, zone par zone, les organes correspondant : estomac, foie, rein, etc.

— Aujourd'hui, le professeur Bourbaky est le digne successeur de ces pionniers. Auteur d'une carte remise à jour de l'iris, il sait lire à la perfection le moindre dysfonctionnement de votre corps dans votre œil.

À l'image apparaît Bourbaky, un grand brun barbu et hirsute (donc cheveux et poils blancs à l'écran). Il porte une blouse apparemment blanche, et qui est donc noire. Il se penche vers une poignée de porte.

— Le professeur Bourbaky est diplômé de la London School of Medicine et décoré de la médaille du mérite médical.

Le film s'arrête brutalement, au moment même où, sur la gauche de Vincent, une porte s'ouvre : le professeur Bourbaky, cheveux, barbe et blouse noirs, est penché, la main sur la poignée.

— Dépêchons-nous, déclare Bourbaky, qui prend Vincent par le bras et l'emmène dans son cabinet.

Un cabinet dont les murs sont constellés de photos d'iris gigantesques.

— Il existe quatre-vingt-dix-neuf maladies ou désordres corporels qui peuvent être représentés par une tache dans l'iris, explique Bourbaky qui parle avec un fort accent slave. Voyons les images de votre œil gauche, et voyons ce que cache votre corps.

Il manipule un petit clavier sans fil surmonté d'une molette qui lui permet de déplacer un curseur rouge sur le grand écran situé derrière lui, et sur lequel l'iris de Vincent s'est affiché.

— Voyons voir. Rein, prostate, testicules, c'est ok. Hypophyse, œsophage, larynx, pharynx vont très bien. Poumons, bronches et côtes sont sans souci particulier. Bonne forme, mon ami. Ah ! Regardez-moi ça, cette petite tache.

Sur l'écran, il encadre, à l'aide d'un petit rectangle coloré, une zone, qui s'agrandit. Puis il superpose la carte d'un iris standard et des organes liés.

— Ah ! La vessie ! Vous souffrez de la vessie.

— Pas spécialement, répond Vincent poliment.

— Vous vous rendez souvent à la toilette. Dès que vous buvez un verre, vous sentez votre vessie qui gonfle outrageusement. Vous éprouvez du mal à marcher. Vous avez un poids mort entre les jambes. Et la nuit, la nuit, vous croyez que cela va exploser.

Parce qu'il s'échauffe, son accent slave devient encore plus prononcé.

— Non, je n'ai aucun de ces symptômes, continue Vincent. Je suis un peu désolé, mais je suis en parfaite santé...

— Pas encore, alors ? Vous ne sentez pas encore les symptômes, mais la menace est là. La menace est forte. Et votre vessie est fragile. Le combat semble perdu d'avance. Mais nous allons lutter ! Nous allons nous battre ! Dans votre œil nous allons trouver l'énergie de la guérison. Une séance par semaine.

Avant même que Vincent n'ait eu le temps de froncer le sourcil, il continue.

— Ce n'est rien, rien du tout. Un petit quart d'heure de projection d'un petit rayon dans l'œil, pas de douleur. Pas du tout.

Bourbaky, décidément très moderne, appuie sur une touche du clavier pour lancer la création automatisée de l'ordonnance. C'est presque à se demander à quoi sert de voir le docteur, se dit Vincent, qui sort une clé usb de sa poche.

— Je peux vous montrer quelque chose ? demande-t-il au docteur. Une photo sur ma clé usb.

— Donnez-moi cela, répond Bourbaky, qui branche la clé sur l'unité centrale dissimulée au pied de son bureau.

Sur l'écran, apparaît une image. Une photo d'iris, de qualité assez médiocre. Bourbaky grommelle, puis avec son curseur rouge, fait un rapide tour de reconnaissance.

— Ah ! C'est vous, oui c'est encore vous. Étonnant ! Votre vessie allait bien, n'est-ce pas ? Alors que...

Il entoure une autre tache, et superpose la carte des organes.

— ... votre foie était lourd, très lourd. Trop de cholestérol ! Vous avez fait un régime ? De quand date cette photo ?

— En fait, répond Vincent, ce n'est pas mon œil mais celui...

— Pas votre œil ? l'interrompt le savant. Vous plaisantez, j'espère.

Il manipule son clavier. L'image précédente, celle de Vincent, se superpose à celle-ci.

— Trente ans au service de la science iridologique, reprend Bourbaky, presque énervé. Je reconnais un iris presque les yeux fermés, ah ah ! Évidemment que c'est votre œil. Regardez, tout est similaire, malgré la mauvaise qualité de votre photo, regardez ici, et ici, et ici.

Vincent ne peut qu'admettre que les deux représentations sont identiques. Bourbaky entoure deux zones et trace une flèche.

— Il y a juste le déplacement de la tache, vous voyez, d'ici vers là, du foie vers la vessie. J'avoue que c'est rare, un déplacement aussi net. Mais voilà. Vous n'avez plus de cholestérol. Mais vous souffrez de la vessie. Les choses évoluent.

— On ne pourrait pas imaginer, demande Vincent avec précaution car il perçoit le caractère volcanique de son interlocuteur, que deux personnes aient un iris très proche, presque similaire ?

— Pipe en fer ! J'ai l'impression d'entendre un de ces statisticiens de l'iris ! Ici ! Dans mon cabinet ! Jeune homme, vous m'insultez !

— Un statisticien de l'iris ? demande Vincent.

— Des pseudo-scientifiques, qui nous traitent de charlatans ! Nous qui luttons contre les maladies. Eux ils tentent de prouver que l'humanité se classifie selon des ressemblances iridologiques. Et ils nient le lien avec le corps ! Allons, allons. Il vaut mieux être sourd qu'entendre ce genre d'inepties.

Il saisit la feuille dans son imprimante. L'ordonnance. Il la tend à Vincent.

— Cher ami, reprend-il, la consultation est terminée. Vous revenez la semaine prochaine pour votre rince-iris. Pour les détails, voyez la secrétaire.

Les détails, c'est le prix de la consultation (cent cinquante livres). Au moment où Vincent se prépare à quitter la pièce, il découvre que Bourbaky surveille, sur un petit écran de contrôle, la projection du film en négatif, dans la salle d'attente, où un nouveau client patiente. C'est la fin du film. Bourbaky à l'image s'approche de la porte. Bourbaky en vrai s'approche de la porte, et Vincent sort pour ne pas rompre cette étrange transition.

Joseph est dans une cabine téléphonique, dans une ville allemande. Il parle avec Korta.

— Vous êtes marrant. Ça ne s'improvise pas comme un cache-cache. Et puis c'est beaucoup beaucoup d'argent. Ce n'est pas du tout le même genre de travail, si vous voyez ce que je veux dire...

De l'autre côté du fil, Korta fait le strict minimum. Il a compris que le meilleur moyen de faire taire Joseph, c'était de bien le payer. Alors il annonce des chiffres très largement au-dessus de ce qu'il est convenu d'appeler le marché. Car, même pour cette activité particulière qui consiste à éliminer des gens, la main invisible chère à Adam Smith joue son rôle de fixation des prix.

L'Aston Martin décapotable de Joshua roule dans les rues de Londres. Il fait chaud, pour une fois qu'avoir une décapotable est vraiment utile. April est assise à côté de lui, ils écoutent un bon vieux disque de jazz, *Night Train* d'Oscar Peterson, Joshua parle fort pour couvrir le bruit de la circulation et de la musique.

— C'est passionnant. Non, je sais bien que ce n'est pas passionnant, mais moi cela me passionne. J'ai fait des découvertes improbables. Je te raconte ? La sombre manie de ton compagnon orthodontiste dento-facial ne t'angoisse pas ?

— Bien sûr que non, répond April en souriant.

Joshua est comme un enfant. Et un enfant, on a toujours envie d'être gentil avec lui. Mais est-ce qu'on a envie d'avoir un enfant avec lui ? April chasse aussitôt cette idée de sa tête.

— Bon. J'ai découvert que Joseph Staline souffrait de parodontolyse, ce qu'on appelait, à l'époque, la pyorrhée alvéolaire. C'est tout simplement une affection globale de l'appareil dentaire, avec une arthrite alvéolo-dentaire suppurée, qui atteignait essentiellement les prémolaires, et hop je passe au rouge.

Il accélère et passe.

— Pour le dire plus simplement : ses dents se décollaient de leur sertissure et tombaient. Mais on parle quand même de Staline, alors tu imagines bien qu'il avait les meilleurs dentistes de l'URSS. Et notamment le professeur Cressykov...

Il monte le volume de l'autoradio : solo de contrebasse, qui résonne à la perfection, le son ne sature pas, c'est assez sublime. Joshua accompagne les notes à mi-voix. Cela dure quelques croisements. Les passants dans la rue n'arrivent pas à trouver ça désagréable. À la fin du solo, applaudissements sur le disque.

— Ray Brown à la contrebasse !

Joshua baisse le volume. Il reprend.

— Oui, Nikolaï Cressykov, celui qui a montré l'importance de la vitamine K pour la lutte contre les caries. La vitamine K, tu vois ?

— K ? demande April. C'est le fluor ?

— Non, justement. Hop, qu'est-ce que je vois ?

Il freine. Il se gare devant le laboratoire d'April.

— On est arrivé au bureau de la petite chercheuse qui finira lorsqu'elle aura le Nobel par larguer son compagnon dérangé.

April tourne la tête vers lui. Elle cherche quelque chose à dire. Il ne lui en laisse pas le temps.

— Tu crois que je suis dérangé ?

— Mais non... répond-elle gentiment.

— Mais non, je ne suis pas dérangé. Je suis juste juif. Donc logiquement un petit peu névrosé, c'est tout. Chez moi, c'est les dents. Mais j'assume !

Il montre à April un homme d'un certain âge qui tient en laisse un chien.

— Tu crois qu'il avouerait, lui, qu'il rêve de faire l'amour avec son caniche royal ?

April explose de rire.

— J'en conclus donc, annonce Joshua très sérieusement, que le plus dérangé des deux, c'est lui !

April l'embrasse tendrement et sort de l'auto.

— Bonne journée, mon chéri.

— Bonne journée à toi, Einsteinette. Et courage dans ta lutte contre le gouvernement fasciste qui veut te mettre des bâtons dans les roues. Ce soir, je me mets au suédois.

April le regarde, sans comprendre.

— Pour ton Nobel, banane !

April sourit. Elle est touchée. Joshua redémarre en trombe. Elle le regarde partir. Elle se dit qu'elle le regrettera, un jour – et puis à nouveau elle tente de chasser cette idée.

À l'intérieur du bâtiment, dans un couloir à la peinture défraîchie éclairé par des néons, April arrive devant la porte de son bureau. Et devant la porte, il y a Vincent, un post-it à la main.

— Vous cherchez... ? demande-t-elle.

En même temps, il n'y a pas grand-chose à chercher par ici.

Vincent regarde son post-it.

— Le laboratoire S-ES-215.

— Oui, c'est là, c'est mon laboratoire.

Alors Vincent lève les yeux vers elle. Et il se passe : rien de spécial. Il constate que c'est une jolie jeune femme, sportive et élégante. Elle constate que c'est un garçon qui a l'air intelligent, dynamique, globalement beau mec.

— Vous pouvez peut-être me renseigner, énonce Vincent.

— Ah ?

— Il m'est arrivé des choses étonnantes.

April ouvre la porte de son labo. Ils vont entrer, ils vont s'asseoir, et Vincent va lui raconter ce qui lui est arrivé. Très précisément : du jour où Londres s'est vidée au Palais de Justice, jusqu'à la rencontre avec Bourbaky, en passant par celle avec Montesquiou.

***

April a pris des notes. Son regard est passé par toutes les nuances possibles, surprise, exaltation, incrédulité, et, surtout, surtout, une sorte de soulagement qu'elle résume, à la fin du récit du jeune homme, en une formule somme toute lapidaire.

— Donc j'avais raison...

Elle compare les photos de l'iris de Montesquiou et de Vincent. Et d'une troisième photo d'iris, qu'elle a prise dans un dossier.

— Oui, vous êtes sur le même calque, et ça veut dire que Korta a réussi à l'isoler. Tout se tient.

— Vous avez prévu de me donner des explications ? demande Vincent.

April le regarde, étonnée. Des explications. Bien sûr.

Ce n'est pas la première fois qu'elle le fait. Mais, cette fois-ci, c'est différent. Cette fois-ci, ce n'est plus simplement une hypothèse.

Elle se saisit d'une série de feuilles de papier calque posées sur son bureau. Chaque feuille comporte une carte du monde sur laquelle de petits êtres humains stylisés sont disséminés, quelques dizaines par feuille.

Elle commence par superposer toutes les cartes. Un seul monde, et des tas de petits êtres humains. Puis elle sort une feuille de la liasse.

— Le groupe des êtres humains est classifié selon ce qu'on appelle, faute de mieux, un calque. L'humanité est composée d'une série de calques qui se superposent les uns aux autres. Il y en a un nombre fini, plus d'une centaine de millions, peu importe. Ce qui compte, c'est que chaque personne, vous, moi, appartient à un calque en particulier. Il partage ce calque avec d'autres êtres humains : chaque calque peut regrouper entre 1 et 99 personnes. Vous me suivez ?

Vincent l'écoute avec attention.

— En théorie, je comprends ce que vous me dites. Dans la vraie vie, non, rajoute-t-il en souriant.

— Attendez. Ce que j'appelle un calque, c'est tout

simplement un espace-temps partagé. Nous nous mouvons dans notre calque, en même temps que les autres membres de notre calque, mais sans le savoir parce que, normalement, les calques sont superposés les uns aux autres. Il n'y a donc qu'un seul espace-temps pour tous les humains. D'où la métaphore du papier calque.

Elle reprend les autres feuilles et les superpose. Les petits humains stylisés s'ajoutent les uns aux autres sur la carte du monde.

— L'humanité est un tout. C'est simplement un état de fait qui se surajoute à des choses bien connues, comme la notion d'espace : vous ne voyez pas quelqu'un qui se trouve à 1000 km de vous, et cela vous semble normal.

— Vous êtes en train de me parler d'une quatrième dimension ? l'interrompt Vincent.

— Pas du tout, répond April. Pas du tout. Je comprends très bien que ce soit ce qui vous vient à l'esprit, mais ce n'est pas cela. Non, il s'agit vraiment d'une théorie physique, nouvelle certes, mais qui n'a rien de farfelu.

— Ce que vous essayez de me dire, interroge Vincent, c'est que vous avez découvert un truc complètement énorme, qui change la façon d'envisager l'humanité ?

— Vous savez, le fait que la Terre soit ronde plutôt que plate ne change pas tant de choses que cela, pour l'homme de la rue. Je reprends. Tous les membres d'un même calque, donc entre 1 et 99 personnes qui sont aléatoirement distribuées sur la surface de la planète, ont un iris absolument similaire, à la différence d'une toute petite tache, qu'on appelle une virgule, dont l'emplacement diffère.

April reprend les photos des deux iris. Au dos de l'une des photos, le nom de Roger Montesquiou.

— Voilà, c'est totalement aléatoire : vous vous retrouvez sur le même calque qu'une star française. Et aussi sur celui de quelqu'un que je connais. Mikael Korta, un scientifique américain qui travaille dans le même domaine que moi. Enfin, un domaine connexe: il travaille pour une entreprise de reconnaissance biométrique. Je l'ai souvent croisé dans des colloques. Or qu'est-ce qu'on fait dans un colloque? On échange nos iris, comme d'autres leurs cartes de visite. Son iris, c'est celui-ci.

Elle montre la troisième photo, posée à côté de celles amenées par Vincent.

— Vous le voyez, vous avez, tous les trois, des iris conçus sur le même schéma, exception faite de la fameuse virgule, qui vous singularise. Or...

— Or quoi?

April se tait un instant. Pas tant pour laisser Vincent prendre le temps de comprendre tout cela. Mais pour savourer ce moment: ses recherches qui ne lui ont apporté jusqu'à présent que de la frustration sont en passe de devenir une réalité.

— Il y a peu de temps, on s'est parlé avec Korta. Je lui ai fait part de ce que j'avais trouvé, ou prouvé, peu importe, d'un point de vue théorique. Il est possible d'isoler un calque, provisoirement, du reste de l'humanité.

Elle prend une feuille de papier calque et l'agite en l'air. Cela fait un petit bruit crissant.

— Pendant 9 999 secondes, soit deux heures quarante-six minutes, le calque cesse d'être superposé aux autres. Il évolue seul. La réalité matérielle est divergée. Vous pouvez déplacer un objet, même le casser, ce sera sans répercussion sur le monde normal.

— Vous voulez dire qu'il s'agit d'un autre espace-temps?

Vincent commence à trouver que cela fait beaucoup. Pourtant, il l'a vécue, cette situation. Il ne parvenait pas à comprendre: maintenant, on lui explique, et il ne parvient pas vraiment à y croire.

— On peut appeler ça un autre espace-temps si vous le voulez. Ce n'est pas exactement ça, mais ça ressemble à ça. En tout cas, cela donne le sentiment d'être totalement seul au monde pendant ce laps de temps. Ce qui n'est pas complètement vrai, parce que... Parce que ?

April veut voir si Vincent a compris. Après tout, en dehors de Joshua qui a eu le temps d'en entendre parler, c'est la première fois qu'elle explique d'un coup toute la théorie des calques à un non-scientifique.

Vincent se concentre.

— Je ne suis pas seul au monde... parce que... parce qu'il y a les autres personnes de mon calque !

— C'est exactement ça, répond April. Vous avez tout compris.

— Mais alors, mon calque correspond à toutes les personnes que je connais ?

Le sourire d'April se fige.

— Ah. Vous n'avez peut-être pas tout compris. On ne connaît pas, *a priori*, les membres de son calque. C'est une distribution aléatoire, un peu comme le groupe sanguin. Un individu donné peut être A+ ou O-, par exemple. Eh bien, les calques c'est pareil, sauf qu'au lieu de cinq groupes sanguins, il y a plus de cent millions de calques possibles.

— Mais je ne comprends toujours pas cette histoire d'isolation, relance Vincent, qui tente d'organiser toutes ces informations nouvelles dans un ordre cohérent.

— Cette histoire d'isolation ? Vous voulez dire : par quel protocole ?

Les yeux d'April se mettent à briller.

— Attendez, quand ça vous est arrivé, au Palais de Justice, c'était il y a trois jours, c'est ça ? C'était vendredi dernier ?

Vincent acquiesce.

— J'ai eu Korta au téléphone mercredi matin. Il venait de lire mon texte, et on s'est interrogé sur le protocole à suivre pour générer l'isolation. Ça veut dire qu'en moins de quarante-huit heures, il a trouvé. Il avait raison : j'ai sous-estimé le facteur chance.

Elle étouffe un petit rire. Elle continue à parler à voix haute, mais maintenant ce n'est plus pour Vincent. C'est bien pour elle.

— C'est tout con, il suffit d'essayer ce qu'il m'a dit.

Elle se dirige vers son ordinateur, et lance un programme qui fait apparaître un iris, sur lequel, en cliquant, elle fait apparaître des taches bleues.

— Il avait dit : toutes les virgules en même temps.

Elle appuie sur la touche « Lancer ». Des lignes de code défilent à toute allure.

April se tourne vers Vincent.

— Je cherche... je cherche à voir comment il a fait pour isoler votre calque.

— Là, vous allez m'isoler ? s'inquiète Vincent.

— Non, non, je teste le protocole virtuellement. Pour voir quelle séquence de projection de virgule déclenche l'isolation. Ce que j'ai prouvé, et que j'avais envoyé à Korta, c'est qu'un calque réagit lorsqu'on projette des virgules de membres du même calque sur l'œil d'un sujet. La question, c'est : quelle combinaison faut-il projeter ?

L'ordinateur émet un son léger. Sur l'écran, une mention : « Calque virtuel non isolé. » April sourit.

— C'est idiot, j'avais déjà testé, mais je n'ai pas pu m'empêcher de réessayer. Vous savez, c'est comme quand on a perdu quelque chose : on le cherche dans tel tiroir, il n'y est pas. Si on vous dit : mais si, il est dans ce tiroir, on rouvre le tiroir, et en fait il y est.

Au tour de Vincent de sourire.

— Drôle de conception du monde, pour une scientifique.

April le regarde, étonnée.

— Vous ne connaissez pas le chat de Schrödinger ?

— Le chat de qui ?

— C'est une explication de la théorie de la relativité... Attendez ! Au téléphone, j'avais dit aussi à Korta : on projette toutes les virgules sauf celle du sujet sur lequel on projette. On essaie ? demande-t-elle à Vincent, sans attendre cette fois non plus une réponse.

Sur son ordinateur, elle tape à toute allure des lignes de code, puis elle se retourne vers Vincent, qui regarde, sans oser s'en approcher, une lettre posée sur le bureau de la jeune fille. Sous un en-tête du ministère de la Recherche, la missive commence par ces mots : « Mademoiselle, nous tenons à vous faire part par ce courrier de la décision de la Commission des Agréments concernant votre laboratoire "Biométrie iridologique et statistique". Après vous avoir entendue et avoir reçu le rapport du professeur Pitrus, il a été décidé de... » Le reste de la lettre n'est pas lisible. Vincent jette un œil interrogatif à April, qui sourit tristement.

— « Il a été décidé de vous supprimer l'agrément lors de la prochaine rentrée universitaire. » Dans trois mois, mon labo va être fermé.

— Pour quelle raison ?

— Pour la raison qu'il s'agit d'une pseudo-science. Que tout est virtuel, et que le gouvernement britannique ne finance pas des charlatans.

Vincent la regarde en souriant.

— J'en déduis que soit, en effet, vous êtes un charlatan, soit c'est notre gouvernement qui est composé de charlatans.

— Et vous penchez pour quelle option ?

Vincent se lève et s'approche de l'écran de l'ordinateur

d'April. Il montre du doigt la mention qui vient d'apparaître : « Calque virtuel isolé temporairement ».

— Pour le moment, dit le jeune homme, vous me paraissez plutôt convaincante.

April ne peut retenir un geste de triomphe. Elle se retourne vers Vincent.

— Est-ce que... Est-ce que... vous seriez d'accord pour... recommencer ?

Recommencer ?

À Paris, la rue de Rivoli est bloquée par les embouteillages. Une moto tente de se faufiler entre les véhicules.

Sonnerie de téléphone portable. Sur sa moto, Roger Montesquiou appuie sur un petit bouton : il a une oreillette.

— Allô ! ... Qui ça ? Ah, Vincent !

Il continue en anglais.

— Ça va ? Quoi ? Oui... Non... Des gens ? Tu plaisantes ? Je suis dans un embouteillage, j'aurais du mal à être seul ! Je ne comprends rien !

À Londres, Vincent est dans le bureau d'April.

— Je t'expliquerai ensuite. Écoute-moi. Il faut que tu sois dans un endroit d'où personne ne te voit. Complètement à l'abri des regards. Essaie, c'est fascinant, tu vas voir.

À Paris, Montesquiou gare sa moto le long des arcades de la rue de Rivoli. Il descend du véhicule et enlève son casque mais garde son oreillette en place. Il s'approche d'une porte cochère. L'ouvre. Entre dans le hall de l'immeuble.

Silence.

La porte s'ouvre à nouveau. Montesquiou ressort. La rue est vide. Quelques voitures sont garées, les magasins sont ouverts, mais il n'y a plus personne.

— Vincent, Vincent, tu es là ?

À l'autre bout du fil, Vincent est bien là.

— Alors, ça marche ?

— Ça marche, mon Dieu ! Ça marche ! C'est incroyable !

— On se rappelle tout à l'heure, je t'expliquerai tout.

À Londres, Vincent raccroche son téléphone portable. Il le pose par terre. Méthodiquement, il le piétine jusqu'à le briser en petits morceaux.

À Paris, Roger Montesquiou marche en plein milieu de la place de la Concorde. Devant lui, les Champs-Élysées et, au loin, l'Arc de Triomphe. Un calme et une sérénité étonnants règnent sur ces lieux, d'habitude si bruyants.

Montesquiou rit, très fort.

Il récite.

— Voici un homme qui a failli être président. Les citoyens l'ont aimé, ou détesté, et n'ont cessé de parler de lui. Mais au moment de sa mort, il pense à un bouton de rose...

Dans un petit restaurant pour cadres supérieurs, à Phoenix. Mikael Korta est dans les toilettes. Il appuie sur le bouton de la chasse d'eau. Il se lave les mains, et ouvre la porte.

Il arrive dans la salle du restaurant. Vide.

Sur les tables, il reste des assiettes fumantes, des verres pleins. Mais il n'y a plus personne.

Korta court vers l'entrée. Il regarde dans la rue. Personne. Il se décompose.

— Merde !

Il tente de réfléchir à toute allure. Première question : qui ? Qui ? Qui ? La réponse est évidente. Quoiqu'étonnante. Et, si c'est April, pourquoi son calque à lui ? À moins que... Korta se souvient, dans la liste, d'un Londonien. Il serait entré en contact avec elle ? Elle aurait alors retenté l'expérience. Beaucoup de conditionnels, mais quelle autre hypothèse pourrait fonctionner ? Et si April a le pouvoir d'isoler un calque, a-t-elle aussi celui de le faire disparaître à tout jamais ? Son calque serait-il définitivement isolé ? Non, c'est impossible, elle n'aurait jamais fait cela, elle.

Petit geste de la main, pour passer à autre chose : il sera toujours temps d'y réfléchir plus tard. Korta regarde sa montre. Il lui reste environ deux heures et demi avant la fin de l'isolation. Faire de nécessité vertu : aller écouter ce qu'il rêve d'écouter depuis toujours. Il sort du restaurant.

À Londres, Vincent regarde la liste des choses qu'April lui a demandé de faire. Des gestes sans intérêt, lui semble-t-il. Appeler l'horloge parlante et laisser le téléphone décroché. Enregistrer le son produit avec un dictaphone. Lancer un chronomètre. Noter la consommation électrique du laboratoire sur le petit compteur situé à l'entrée. Se connecter à divers sites internet. Et ainsi de suite.

Vincent, sans se poser de questions, accomplit ces petits gestes. Pour une fois, il ne réfléchit pas à ce qu'il a à faire. Il le fait. C'est agréable, de temps en temps, d'être pris en main par quelqu'un.

À Phoenix. Korta regarde la plaque fixée sur la porte : *Dr Fichte, psychiatre et psychanalyste*. Il lève la hache qu'il a apportée, et, en quatre coups violents, il brise la porte. Il repousse les débris, et entre.

Dans la pièce, il se dirige, sans hésiter, vers le bureau. Vers le petit micro fixé sur un pied mobile. Korta suit le câble jusqu'au petit enregistreur numérique rangé dans un tiroir.

Il appuie sur le bouton Retour Arrière. Écoute. Recule encore. Écoute à nouveau. Jusqu'au moment où il entend son nom.

« Encore une séance éprouvante avec Mikael Korta. Le sujet accentue son déni, construisant un délire des grandeurs très largement simulé et qui repose pour une grande part sur son savoir-faire technique. Essentiellement des questions biométriques auxquelles il sait très bien que je n'entends rien. N'est-ce pas. Façon de me défier symboliquement pour que j'admette mes lacunes. Plus intéressant pourrait être sa psychose paranoïde lorsqu'il imagine qu'il partage le monde avec un groupe limité à quelques personnes. Mais la séance a été ennuyeuse et il est évident que le sujet n'a que peu d'intérêt. Voilà ce que c'est que d'être dans ce trou. Roger que j'ai eu ce matin au téléphone m'a encore proposé de venir à New-York... »

Korta arrête le magnétophone. Son regard est noir. Il cherche quelque chose à faire pour passer ses nerfs. Il pourrait tout casser, mais à quoi bon ? Tout redeviendra normal, ensuite.

Il relance la lecture.

« Je sors de ma séance avec le docteur Dujolk. Nouvelle tentative de parler de ce besoin de lécher les choses, pour être sûr qu'elles sont bien réelles. Mais je ne parviens pas à le dire au docteur Dujolk. Je fixe ses chaussures en cuir noir, lustrées. Et je sens que tant que ma langue n'y aura pas goûté, je serai bloqué. C'est une sorte de psychose circulaire, avec des accès maniaques qu'on pourrait presque qualifier de paraphrénie, mais attention : au sens de Kraepelin. »

À Paris, Roger Montesquiou circule entre les tables du bar du Plaza-Athénée. Vide. Il s'assied à des tables, et imite les clients.

— Regarde, c'est Roger Montesquiou !

— Monsieur Montesquiou, je peux avoir un autographe ?

— Look, it's Montesquiou !

Il éclate de rire. Puis passe derrière le bar, et prend le temps de lire attentivement les étiquettes des bouteilles de vin rouge. Il attrape un Mouton-Cadet 1986, l'ouvre et se sert un verre.

Il repasse de l'autre côté du bar et s'assied sur un tabouret haut. Il lève son verre en direction de la salle vide.

— À la célébrité !

Il boit. Une gorgée. Puis une autre. Encore une autre. Se lève, se rassied. Semble bouillonner.

— Bon... Il faut savoir terminer une grève, marmonne-t-il.

Il regarde à nouveau la salle vide. Et soupire.

***

Plus d'une heure plus tard, il déambule, toujours seul, son verre de vin à la main, dans un couloir du Plaza. Il récite. Du Shakespeare.

— Ah ! Messieurs, la cérémonie n'a été inventée que pour donner du lustre à des actes superficiels, à une creuse hospitalité, à une bienveillance hypocrite qui se repent avant même de s'être manifestée. Mais quand il y a une amitié véritable, à quoi bon ? Asseyez-vous...

On entend soudain du brouhaha derrière les portes. Le visage de Montesquiou s'éclaire. Il fait un geste à une assemblée imaginaire.

— ... je vous prie.

Il se dirige vers une porte, il l'ouvre. De l'autre côté : des êtres humains. Le bar du Plaza-Athénée, comme à son habitude. Des groupes de touristes asiatiques, des hommes en cravate affairés, des jeunes femmes en habits extravagants.

Le regard de Montesquiou brille. Il finit sa tirade en élevant la voix. Il crie presque :

— Vous êtes plus chers à ma fortune qu'elle ne m'est chère elle-même.

Tout le monde se tait dans le bar. Les clients le regardent, certains surpris, la plupart amusés. Quelques-uns applaudissent. On entend des murmures : « *C'est Roger Montesquiou !* »

Montesquiou s'avance vers le bar.

— Sortez votre Mouton-Cadet 86, il est très sympathique. C'est ma tournée, chers amis, tonitrue-t-il.

Une jeune touriste japonaise s'approche de lui. Pour un autographe. Il signe, en souriant. Tout est redevenu normal. Il rit. Il éclate de rire. Montesquiou rit, de ce rire énorme, bruyant, envahissant, déroutant, presque inquiétant. Il rit : la comédie continue.

April ouvre la porte de son studio, au dernier étage d'une maison du quartier de Southwark, à Londres. Elle allume la lumière. C'est meublé sommairement, et ressemble plus à un lieu de stockage qu'autre chose, même s'il reste un grand lit dont les draps et la couverture sont blancs. Tout le long des murs, des dossiers remplissent des étagères, soigneusement numérotées et étiquetées.

— Je suis désolée, c'est un peu impersonnel, j'y ai habité pendant mes études mais depuis quelques années c'est juste un bureau d'appoint.

Vincent ne relève pas, mais tout de même : pourquoi s'excuser ? Ils ne viennent pas ici admirer les talents de décoratrice d'April.

April se dirige vers une étagère et commence à lire avec attention les étiquettes des gros classeurs.

Un téléphone portable sonne. Vincent sort de sa poche son téléphone avec un air un peu surpris. Un demi-sourire se dessine sur son visage. De poussière, son mobile est redevenu objet. Il regarde le nom qui s'affiche sur l'écran : Madeleine. Il refuse l'appel.

— Vous pouvez téléphoner, ça ne me dérange pas, précise April.

— Non, non, rien d'urgent. Au contraire, répond Vincent.

April le regarde, un rien inquiète.

— Je me demande si j'ai bien fait de vous faire retenter l'expérience, reprend la jeune femme. J'ai l'impression que cela vous a perturbé.

— Disons que cela fait beaucoup d'émotions, ces temps-ci...

— Vous n'imaginez pas combien c'est important pour moi... Passer de la théorie à la pratique. Je vais pouvoir préparer un dossier pour le ministère...

Vincent s'approche de la fenêtre. Au loin, il peut voir un petit morceau de Tamise. La nuit est tombée. Les lumières s'allument. Il se sent rassuré, ici. Même si tout est encore un peu confus dans sa tête, il sait qu'il a trouvé la personne qu'il lui fallait pour comprendre. Et comprendre, c'est l'essentiel. Son téléphone sonne à nouveau. L'écran indique cette fois : Johanna. Vincent refuse encore l'appel.

— Je l'éteins.

Il s'assied sur le lit. April semble se souvenir qu'ils sont deux êtres humains dans un lieu clos, et que prendre un verre est quelque chose qui se fait dans ces cas-là. Dans un placard, elle trouve une vieille bouteille de whisky.

— Je vous sers un whisky ? Ce sera sans glace ni rien.

— Du moment qu'il y a un peu d'alcool dedans, je ne dis pas non... Quand j'étais petit et que je tombais, on me donnait un dé à coudre d'alcool fort pour me remettre de l'émotion. Là c'est pareil, sauf qu'un dé à coudre ne sera pas suffisant...

April sourit et lui apporte un verre.

— Je dois vous avouer que depuis quelques heures j'ai l'impression d'avoir été plongé dans quelque chose de complètement fou, reprend Vincent. On dirait un mauvais livre de science-fiction.

— Dans l'expression « science-fiction », si vous enlevez la fiction, il reste quoi ? demande April. Il reste : l'objet de mon travail. Vous savez, il y a toute une série de choses qui vous paraissent normales alors qu'elles sont mille fois plus extravagantes.

— Ah oui ? la relance Vincent d'un air de défi.

— Oui : la nuit, lorsque vous rêvez, votre cerveau est

capable de créer, de toutes pièces, des images, des sons, des lieux, des gens. C'est, si vous y réfléchissez un peu sérieusement, incroyable. Ou encore : alors que vous êtes en train de vivre quelque chose, vous réalisez soudain que vous vous souvenez parfaitement de cette scène, qui a déjà eu lieu dans votre vie. Ce n'est pas moi qui l'ai inventé, ça !

Elle s'énerve un peu, ce qui la rend tout à fait charmante. Vincent sourit.

— C'est drôle : vous vous énervez de façon très douce.

Elle ne relève pas le compliment.

— Ce n'est pas contre vous que je m'énerve, mais parfois j'ai l'impression d'être revenue au temps de Galilée. Sauf qu'aujourd'hui, ce n'est plus la religion qui dirige, mais une sorte de scientisme un peu abstrait. Qui voudrait faire comme si notre savoir était devenu, à nouveau, quelque chose d'intangible, ou plutôt une sorte d'iceberg dont on veut bien étudier la partie émergée si tant est qu'on ne s'aventure pas dans les bas-fonds.

— La partie émergée ?

April se verse à son tour un verre de whisky.

— Oui, tout ce qui a été démontré au XXe siècle, en gros, fait l'objet de recherches intenses. L'ADN, les modifications génétiques, les nanotechnologies. Pour cela, vous aurez autant de financements, publics ou privés, que vous voudrez. Mais s'il s'agit de travailler sur des calques, qui sont un marquage de groupes équivalents, à l'échelle près, aux groupes sanguins, alors là on vous regarde comme une sorcière.

— Les calques, à vrai dire, ce n'est pas ce qui me semble le plus compliqué à accepter. Ce que j'ai du mal à admettre, c'est la notion d'autres espaces-temps.

— Oui mais attention, il faut faire la part entre la conception romantique des mondes divergents et puis la réalité scientifique. Vous savez certainement qu'en 1949 Kurt Gödel a proposé une solution aux équations de la relativité générale qui remettent en question la notion traditionnelle du temps. En gros, il a prouvé la possibilité théorique d'un voyage dans le temps qu'Einstein n'avait fait qu'entrevoir.

— Ah ?

La jeune scientifique ne voit pas que Vincent n'a plus, loin s'en faut, le bagage théorique pour suivre.

— Et la théorie d'Everett ? Sa thèse de doctorat sur la théorie des mondes multiples date de 1957. Plus de cinquante ans ! Everett a démontré que c'est l'homme, uniquement l'homme qui est un élément d'anti-hasard. C'est l'observateur qui rend l'univers unique, alors que l'univers, lui, est neutre, et n'a pas de raison de se choisir une direction plutôt que l'autre. Il y a autant de mondes que possible, mais nous n'en voyons qu'un. Vous me suivez ?

— Pas très bien, non... répond Vincent.

April s'est assise à côté de lui, sur le lit.

— Ce n'est pas parce qu'on n'a pas réglé le paradoxe de la décohérence qu'il faut croire que la divergence des mondes c'est juste pour amuser les spectateurs des films hollywoodiens...

Vincent ne l'écoute plus depuis quelques minutes. Il la regarde. Il la regarde parler et cela lui fait du bien.

Il pose sa main sur la sienne, très doucement, à peine effleurée, comme une tentative. April lève les yeux vers lui. Elle sourit, et retire sa main, très doucement elle aussi.

— Je suis désolée de vous embêter avec tout ça.

Vincent comprend que le deal implicite, c'est de faire comme s'il n'avait jamais approché sa main. Il ne s'est rien passé du tout.

— Oh oui vous m'embêtez, vous m'embêtez énormément,

allez si c'est ça j'isole mon calque pour être tranquille pendant deux heures quarante-six. Allez hop, cessez de me regarder.

Cette fois, sa main ne la touche pas, elle reste à quelques centimètres des yeux d'April.

Un silence de deux secondes. Il retire sa main, la regarde, se tourne vers April, la regarde.

— Tiens, ça n'a pas marché.

April sourit.

— J'en déduis donc, reprend Vincent, que je ne peux pas me passer de vous...

Un silence, mais cette fois beaucoup plus court.

— ... pour isoler mon calque, s'entend.

April prend une gorgée de whisky : pour se donner une contenance.

Une pluie tropicale terrifiante s'abat sur un paysage devenu invisible. Dans sa Ford jaune, Maria, paniquée, regarde le déluge fouetter le pare-brise, les portes, le coffre. Au sol, l'eau commence à stagner. À monter. Maria ferme les yeux. Derrière le crépitement de la pluie, elle entend soudain un aboiement sourd. Elle rouvre les yeux, se penche à la fenêtre. Entr'ouvre la portière. Un chien errant, trempé et tremblant, saute dans la voiture. Maria le serre contre elle, lui murmurant des paroles de réconfort. Elle n'entend plus le fracas de l'eau. Il n'y a plus de fracas : la pluie s'arrête brusquement. Incrédule, Maria sort de la voiture. Elle contemple le paysage détrempé. Au loin, un arc-en-ciel apparaît, scintillant.

La porte du bureau d'Aaron Fichte est magnifique. Du moins, elle est en parfait état, ce que constate Mikael Korta en entrant dans la pièce. À l'invite de son psychanalyste, il s'assied.

— Bonjour monsieur Korta. Comment allez-vous ?

Un long blanc. Korta ne dit rien. Il fixe le sol, comme absent.

— J'ai... hésite-t-il avant de se taire à nouveau. Non, rien.

— Vous voulez me parler de quelque chose ?

— Non, c'est idiot, vous allez trouver ça idiot.

— Je suis là pour vous écouter. N'est-ce pas.

Encore un long silence. Fichte reprend.

— Ne vous empêchez pas de parler. Je vous écoute.

— C'est... J'ai...

— Oui ?

Korta lève les yeux vers son interlocuteur.

— Vos chaussures...

— Eh bien ?

— Lorsque je rentre dans votre bureau, j'éprouve violemment le besoin de lécher vos chaussures. J'ai... J'ai le sentiment que tant que je ne les aurai pas léchées, tant que ma langue n'y aura pas touché, je ne serai pas sûr que vous existez vraiment... Et comment parler à quelqu'un qui n'existe peut-être pas ?

Fichte le regarde. Une ombre de surprise se lit dans son regard, et pourtant, son métier c'est de cacher ses émotions. Il se lève et fait quelques pas vers la baie vitrée qui donne sur le désert. Il regarde au loin.

— Je vous écoute toujours.

— Cela vous paraît normal, docteur, ce besoin de lécher des choses ? Ça m'arrive souvent, trop souvent.

Fichte regarde sa main droite qu'il fait légèrement pivoter sur elle-même. Il entr'ouvre la bouche, avant de se ressaisir. Il retourne à son bureau, s'assied, et regarde Korta comme si ce dernier venait d'entrer dans la pièce.

— Et votre maladie, comment cela évolue ?

— J'ai des examens tout à l'heure. Mais vous savez, docteur, dans un sens, peu importe. Je sais que ma mort adviendra. Ce qui compte, c'est que je sois le dernier.

— Le dernier ?

— Le dernier homme. Alors d'abord faire le ménage, autant que faire se peut, sur mon calque. Ensuite, s'attaquer aux autres calques. Mais cette fois, ce ne sera pas provisoirement.

— Pas provisoirement ?

— Cette fois, ce sera définitif. Je resterai seul.

Fichte, très intéressé, prend des notes sur un petit carnet. Il relance Korta.

— Seul ? Vous avez le sentiment de ne devoir rester que seul ? Vous êtes le seul à comprendre cette théorie, le seul à l'appliquer, vous serez le seul à lui survivre, c'est cela ?

Korta lève la tête vers lui, étonné par cet intérêt soudain.

— Notez bien que je ne suis plus le seul à pouvoir isoler un calque.

— Ah non ?

— Non. Mais je sais très bien avec qui je joue. Dites-moi docteur, ça ne vous arrive jamais de trouver que vous n'êtes pas assez reconnu ? De vous dire que... ce trou médiocre n'est pas à la hauteur de votre talent ?

Fichte sursaute. Il regarde son patient. Il va falloir finir cette séance. Faire son métier. Mais pourquoi l'a-t-il choisi, ce métier ?

***

Il la finit, cette séance. Il raccompagne Korta. Il referme la porte. Il ferme les yeux. Les rouvre. Il regarde la poignée, son métal jaune brillant. Il tente de s'en empêcher. Mais il ne peut pas. Il se penche, et d'un coup sec lèche la poignée. Avec sa manche, il essuie. Retourne vers son bureau. Redresse le petit microphone noir. Déclenche l'enregistrement.

— Séance très étonnante avec Korta. Ce patient que je trouvais banal, voire agaçant, se révèle soudain proche. Le *vulgum pecus* devient *alter ego*. J'entends presque mes propres mots dans sa bouche. L'espace d'un instant, je doute. Aurait-il pu écouter mon journal ? Mais c'est impossible, personne n'est entré ici. N'est-ce pas. Korta devient autre, pour moi. Comme une sorte de double raté, que j'aurais longtemps voulu nier.

À quelques kilomètres de là, Korta est couché sur un lit en plastique, la tête dans un scanner qui émet un léger ronronnement presque rassurant, ses yeux sont grands ouverts. Il ne pense à rien. Ou, plus exactement, il pense : au rien.

— Korta est malade, sans doute condamné. Et moi, je suis de l'autre côté. De l'autre côté de la table. De l'autre côté du destin. Je suis le bien portant, et lui le malade, mais demain tout pourrait s'inverser. Demain, le transfert pourrait avoir lieu au niveau de la tumeur. Je serais le mal portant, le mal à propos, le malotru, le malappris. Penser à consulter un cancérologue. Également : je prends la décision d'utiliser Korta comme base de mon intervention au Symposium.

Dans le hall de la clinique, un médecin en blouse blanche raccompagne Korta vers la sortie.

— Tout dépend de vous. Je vous le répète : rien n'est gagné, mais rien n'est perdu non plus. Il est vrai que par rapport à la dernière fois, on a une légère régression. Mais on a vu des patients beaucoup plus atteints s'en sortir. Nous faisons notre travail. À vous de faire le vôtre. Il faut lutter !

Il sert la main de Korta, qui semble n'avoir rien écouté.

— Bon courage, monsieur Korta.

Korta lui fait un petit signe de la tête. Il a un léger sourire, figé. Il passe les portes automatiques. Dans le parking, il y a du soleil. Des êtres humains qui marchent comme si de rien n'était. Il y a même des oiseaux.

Korta s'approche de son 4x4. Il tapote, de son index, sur le capot. De plus en plus rapidement. Jusqu'à se faire mal.

Le petit port de Trapani, en Sicile. Un homme est en train de repeindre son bateau, sur un quai calme. Il écoute la radio et il fredonne sur les airs de pop américaine qui sont diffusés.

Une voix, derrière lui.

— Signore Aquindi ?

Il a à peine le temps d'acquiescer, et même pas celui de s'étonner de l'accent américain, qu'il est déjà mort.

Deux coups de feu. Même pas de silencieux. Après tout, on est en Sicile.

Vincent entre dans le hall d'accueil de son association, « Avocats pour les sans-droits ». Il a l'air soucieux.

Derrière le petit bureau d'accueil, une jeune femme noire magistralement dodue est en train de parler au téléphone. C'est Manuella, la cheville ouvrière de l'association, celle sans qui rien ne serait possible. Vincent s'approche. Manuella lui fait un petit clin d'œil, tout en continuant à parler dans le combiné.

— Je suis désolée, monsieur, mais notre association vient en aide à des personnes qui ont un réel besoin moral ou financier. Je crains que ce ne soit pas le cas pour vous.

Elle sourit à Vincent, et enclenche le haut-parleur du téléphone. Au bout du fil, un monsieur manifestement âgé, s'exprimant avec une pointe de cet accent aristocratique londonien reconnaissable entre mille.

— Mais madame, je crains que vous ne fassiez preuve d'une forme de mépris à mon encontre. Ma demande est très sérieuse, et je ne peux, vous le comprendrez aisément, m'y atteler seul.

Vincent interroge Manuella du regard. Il tente de deviner ce que l'homme souhaite. La jeune femme fait semblant de mal comprendre.

— Attendez monsieur, je vois un de nos avocats qui passe devant moi. Je vais vous le passer, vous allez pouvoir lui expliquer directement.

De l'air réjoui de quelqu'un qui s'en sort bien, Manuella passe le téléphone à Vincent, qui, tout en faisant « non » de la tête, est bien obligé de poursuivre la conversation.

— Je vous écoute, monsieur.

— Bonjour, Maître. Eh bien, j'ai besoin d'un soutien judiciaire pour une procédure de reconnaissance de maternité.

— Oui ?

— Envers... la reine, Maître. Je suis un bâtard d'Elisabeth II, et je souhaite que la justice me rétablisse dans mes droits.

Manuella pouffe derrière son bureau. Vincent fait mine d'un châtiment terrible qui l'attend dès la fin du coup de téléphone.

— Tout à fait, monsieur, je comprends très bien, et je dois dire que je ne vois pas pourquoi notre secrétaire n'a pas pris votre demande au sérieux. Au contraire, au contraire, cela me semble tout à fait recevable. Vous allez d'ailleurs lui envoyer un courrier personnel à notre adresse, donc à l'attention de Manuella, notre secrétaire, avec la copie de toutes les pièces dont vous disposez, et je prends l'engagement qu'elle vous répondra personnellement par écrit. Voilà, monsieur, merci de votre appel, et au revoir.

Il raccroche sans laisser l'autre repartir à l'assaut. C'est au tour de Manuella de rire jaune. Vincent fait semblant de s'offusquer.

— Manuella, je crois que je vais être obligé de saisir les autorités compétentes parce que ce pauvre monsieur, sous le prétexte qu'il est blanc et anti-monarchiste, se voit refuser l'aide de notre association. C'est un motif de discrimination particulièrement pervers.

Manuella lui tire la langue. Vincent sort son téléphone portable de sa poche pour regarder l'heure. Il joue machinalement avec le téléphone, devant Manuella, qui se remet au travail.

Au bout de plusieurs secondes, la jeune femme s'interrompt.

— Vincent, tu as quelque chose à me dire ? Ou tu attends un rendez-vous ?

Elle regarde le planning.

— Ta prochaine série de comparutions immédiates, c'est dans deux heures.

— Justement, Manuella... Je voulais te demander... Est-ce que tu crois que tu peux trouver quelqu'un pour me remplacer, pour tout à l'heure ?

Manuella le regarde, stupéfaite. En cinq ans, elle ne l'a jamais vu décommander une seule séance. Au contraire. Dès qu'il manque quelqu'un, c'est Vincent qu'on appelle. Et là, c'est la deuxième fois en quinze jours. Pleine de tact, elle ne pose aucune question.

— Bien sûr, je te fais remplacer, pas de souci.

Le regard de Vincent s'éclaire. Il file en marmonnant un « au revoir » inaudible. Manuella le regarde sortir d'un air étonné.

Dans la rue, devant le laboratoire d'April. Vincent est assis sur un banc. Il joue toujours machinalement avec son téléphone. La porte du laboratoire s'ouvre. Vincent se lève en voyant April en sortir.

Il s'approche d'elle.

En même temps que lui, une Aston Martin décapotable s'avance devant la porte du bâtiment et s'arrête.

Vincent sourit à April qui regarde Joshua qui sourit à April, depuis sa voiture.

Vincent tourne la tête et voit Joshua. April regarde Vincent : Joshua qui suit son regard croise celui de Vincent.

Vincent ferme les yeux un quart de seconde. Les rouvre : Joshua est encore là, qui le regarde, sans animosité – sans sympathie non plus.

C'est April qui rompt le silence.

— Il s'est passé quelque chose ? demande-t-elle à Vincent.

— Il s'est passé... Rien qui soit vraiment urgent... Je suis désolé de vous avoir dérangée. Je vous rappellerai.

Et sans dire au revoir ni à la jeune femme ni au jeune homme, il tourne les talons.

Un petit sentier dans la forêt de la Tête Noire, en Suisse, à quelques encablures du mont Blanc. Deux randonneurs marchent d'un pas vif vers le sommet, Treutse à l'Aille, presque 2000 mètres tout de même.

Ils ne parlent pas en marchant. Mais ils ont le même cri de surprise quand ils découvrent le corps de la randonneuse qui baigne dans son sang. C'était il y a quelques heures. Seuls les oiseaux ont entendu. Ici, c'est la Suisse : il convient d'être discret.

Vincent marche dans un couloir du Palais de Justice. Comment ne pas penser à April alors qu'il se trouve précisément à l'endroit où, pour la première fois, son calque a été isolé ? Mais, en général, il a des milliers de façons d'avoir du mal à ne pas penser à April.

— Vincent !

C'est la voix de Madeleine. Elle court lourdement vers lui. Elle a une démarche de vieille dinde. Par quel ensorcellement n'a-t-il jamais été dérangé par ça ?

Madeleine l'embrasse voluptueusement.

— Ça va ?

Vincent grommelle une sorte de oui.

— Je suis contente de te voir. Parce que je voulais t'inviter à ma fête d'anniversaire. Devine où ce sera ?

— Chez toi ?

— Mais non, imbécile. Si c'était chez moi, je ne te demanderais pas. Sur un bateau ! On va faire une croisière sur la Tamise ! Ça va être énorme. Avec plein de gens. Beaucoup de mes clients VIP. Peut-être Mick Jagger, en tout cas sûrement Ken Loach. Et le ministre de l'Innovation et de l'Université, le directeur de cabinet du ministre de la Culture...

— Le ministre de l'Innovation ? l'interrompt Vincent. C'est lui qui a en charge la Recherche ?

— Oui, je l'ai défendu dans une affaire immobilière. Alors, tu viendras ?

— Bien sûr. C'est quand ?

Madeleine fronce les sourcils.

— Enfin Vincent, tu te souviens quand même du jour de mon anniversaire ?

La vieille Ford jaune de Maria tourne lentement le long d'un échangeur routier interminable. Assis au pied du siège passager, le chien dort. Maria regarde sans vraiment regarder la zone industrielle qu'elle longe. Des hypermarchés tellement spécialisés qu'ils en deviennent absurdes : baskets, sièges automobiles, rideaux... Leurs néons triomphants ne clignotent plus. L'énergie électrique a fini par se tarir : les centrales ont toutes un système prévoyant une extinction totale au bout de soixante-douze heures de non-respect des consignes de sécurité.

Maria continue. Les bureaux : il n'y a pas si longtemps, ici se pressaient des milliers d'employés dont le seul horizon — hypermarchés, routes, ou désert — ne renvoyait qu'à l'idée d'une fuite impossible. Au bout de la zone, avant le dernier cercle de l'autoroute, un chantier a été abandonné. Une tour à moitié construite, avec des échafaudages et des grues, comme si les ouvriers allaient revenir dans cinq minutes. Comme si c'était, vraiment, le moment de la pause déjeuner. Sauf que le ciment a durci dans l'immense bétonneuse, et qu'au bout du bras de la grue, une gigantesque poutre métallique se balance sans fin au vent. Au pied des échafaudages, des panneaux publicitaires courent tout le long du bâtiment en construction. C'est une même publicité, pour une agence de voyages, qui décline à chaque fois son slogan dans une langue différente. Chinois, français, italien, allemand, anglais, bien sûr. Et puis : espagnol. « Que esperas para irte ? » Qu'attends-tu pour partir ? Maria arrête lentement sa voiture devant cette affiche, qu'elle regarde comme si elle y lisait autre chose. Ses mouvements sont lents. Sa bouche est grande ouverte.

Ce slogan banal devient une injonction. Elle passe une vitesse, démarre brutalement, fait demi-tour : elle n'attend plus rien pour partir. Pour quitter ce pays dans lequel elle n'a plus rien à faire. Dans lequel elle n'a aucune raison d'attendre la mort. Autant rentrer chez elle.

Pour une fois, il fait beau à Londres, mais ça ne semble pas rasséréner Vincent, qui tourne autour de son scooter comme un lion en cage, la cage étant la situation dans laquelle il se trouve.

Il est au bord de la Tamise, à quelques mètres de l'embarcadère qui mène vers un bateau décoré de guirlandes lumineuses et surmonté d'une affiche d'un kitsch extrême qui indique « Madeleine, 36 ans ».

April apparaît au loin. Vincent la regarde marcher, vers lui, et quand on commence à aimer la démarche de quelqu'un, à regarder ces mouvements avec plaisir, on se dit qu'il se passe quelque chose, aussitôt Vincent s'en veut de penser cela, il déteste être attiré par des filles qui ne sont pas libres, il s'imagine en bourreau des cœurs, et son côté Gandhi ne supporte pas, il se met à la place du type qui se fait quitter et il a de la peine pour lui.

Le temps de tenter de mettre toutes ces pensées en ordre, voire d'arriver à progresser autour de cette thématique, April est devant lui.

Elle lève les yeux vers lui. Vincent hésite mais se penche pour l'embrasser. Il n'y a pas, *a priori*, de raison de ne pas le faire. Ou alors une raison trop intense : que de l'embrasser sur la joue lui soit impossible et qu'il pivote l'axe de son cou vers ses lèvres, là encore il bloque cette pensée dès sa naissance et se concentre sur le fait qu'il faut lui dire bonjour.

— Bonjour, lui dit-il, intimidé. Je suis content que vous soyez venue.

— Vous savez, lui dit April, je n'aurai jamais le courage d'aller parler directement au ministre...

Elle remet les choses à leur vraie place : c'est professionnel, et c'est très bien comme ça, se dit Vincent.

— Ne vous inquiétez pas. Ça ne me pose aucun problème de le faire pour vous.

Ils s'approchent de la passerelle qui mène vers le bateau. Vincent monte. April a un temps d'hésitation. Elle n'ose pas dire, évidemment, qu'elle a peur de monter sur un bateau. Vincent lui tend la main. Second temps d'hésitation. Et puis elle attrape sa main et grimpe sur la passerelle. Dès qu'elle est à bord, elle relâche la main de Vincent. Et pourtant : il sent encore le toucher de sa peau, doux et chaud juste comme il faut.

***

La croisière bat son plein, il y a de la musique et Londres est belle depuis la Tamise, April et Vincent boivent du champagne et parlent peu, mais ce sont des silences pleins d'une sorte de douceur extrêmement agréable.

Madeleine surgit, entourée de quelques amis. Elle se précipite vers Vincent qu'elle embrasse avec sensualité, sans même voir April, ou en faisant semblant.

Elle serre le jeune homme contre sa taille, et se retourne vers ses amis.

— Je vous présente Vincent. Vincent est un avocat brillant, mais il préfère gâcher son talent dans des affaires civiles sordides. Enfin, je ne désespère pas le voir rejoindre un jour le cabinet Soumatche.

Sans attendre de commentaire ni de la part de ses amis ni de la part de Vincent, elle se retourne vers lui.

— Tu as vu le bateau ? Deux mille livres de l'heure. Et tu as vu Ken Loach ? Tu veux que je te le présente ?

Étonnant comme les gens, parfois, peuvent se caricaturer

eux-mêmes, jusqu'à sembler devenir une mauvaise plaisanterie. Vincent se contient.

— Le ministre, il est là ?

— Quel ministre ? demande Madeleine. Ah, le ministre de l'Innovation, non, il a été retenu par une réunion, je crois. De toute façon, c'est un gros con. Bon allez, à plus !

Elle vient d'apercevoir quelqu'un à qui elle n'a pas dit bonjour, elle repart, entraînant dans son sillon mouvementé le groupe de ses amis dont Vincent remercie le ciel qu'ils n'aient pas ouvert la bouche.

Il se tourne vers April.

— Je suis vraiment désolé. C'est un guet-apens terrifiant dans lequel je vous ai entraîné. Il aurait dû être là, et...

— Ne vous excusez pas, Vincent, ce n'est absolument pas de votre faute. De toute façon, je n'y croyais guère, au *Deus ex machina*, elle rencontre le ministre et il décide, contre toute attente, de sauver son labo.

— Qu'est-ce qu'on va faire maintenant ?

April le regarde en souriant. De l'air d'une personne qui va prendre la main.

— J'ai peut-être une solution.

***

Dans la loge centrale du théâtre Hébertot, à Paris, Roger Montesquiou est en train de se faire maquiller. Il parle au téléphone via une oreillette.

— Oh non ! Pas encore ! C'est drôle cinq minutes, mais là j'ai des choses à faire. Ce n'est vraiment pas le moment.

À Londres, Vincent et April sont dans les toilettes du bateau. April a sorti de son sac deux petits cylindres en métal effilé. Elle les manipule au moyen de petits boutons fixés sur le côté. Vincent parle dans son téléphone portable : la voix de Montesquiou étant ce qu'elle est, April entend tout. Elle s'adresse à Vincent.

— Dites-lui qu'il suffit que quelqu'un, ou plusieurs personnes, le regarde, pendant les 2h46. Comme ça il ne sera pas isolé.

— Tu as entendu ? demande Vincent à Montesquiou.

Dans sa loge à Paris, Montesquiou acquiesce.

— Bon, d'accord. Vous commencez quand ?

Il attend la réponse de Vincent, puis il raccroche. Il se tourne vers la maquilleuse.

— Allez, on arrête là.

D'un geste brusque, il arrache la serviette qu'il a autour du cou, et se lève. La jeune femme amorce un geste de recul craintif.

— On y va, reprend Montesquiou. Vous allez m'accompagner, et surtout vous ne me quittez pas des yeux.

Il sort de la loge, suivi de la maquilleuse, et marche dans le couloir d'un pas vif. Survient un angle droit. Montesquiou s'arrête, soupçonneux, et se retourne vers la jeune femme.

— Continuez à me regarder ! Restez bien derrière moi.

Ils marchent ainsi jusqu'à l'entrée de la scène.

— Voilà, vous restez là, en coulisse, jusqu'à ce que je sois face au public.

La maquilleuse, toujours légèrement effrayée, obtempère.

Montesquiou entre en scène.

Dans la salle du théâtre Hébertot, une cinquantaine de journalistes l'attendent en feuilletant un dossier de presse intitulé « Montesquiou / Shakespeare. *Timon d'Athènes.* »

Montesquiou va s'asseoir derrière une petite table sur laquelle sont posés quelques micros. Flashs. Les caméras se mettent en marche.

— Merci à tous d'être venus pour cette conférence de presse. Je remercie également le directeur du théâtre Hébertot qui nous accueille aujourd'hui pour me permettre d'annoncer mon retour au théâtre dans une pièce méconnue de Shakespeare : *Timon d'Athènes*. C'est un triple défi pour moi. Je n'ai jamais joué Shakespeare sur scène. Je n'ai jamais joué en anglais au théâtre. Et je n'ai jamais joué au théâtre du Globe, à Londres.

Londres, où April et Vincent sortent des toilettes du bateau. April range les deux cylindres de son sac. Elle lève les yeux : le bateau est vide. Il est toujours au milieu de la Tamise, mais il est vide. Et, tout autour, la ville est déserte.

— C'est extraordinaire, ne peut s'empêcher de dire April.

— Vous savez, on s'y habitue très vite, répond Vincent par pur esprit de provocation.

April sourit également, mais elle semble encore un peu sous le choc.

— Mon hypothèse est donc validée. On peut isoler ensemble deux calques.

— Ça semble presque logique, répond Vincent. C'est comme coller deux feuilles de calque l'une sur l'autre. Bon, cela étant...

Il se dirige vers le poste de pilotage, suivi par April.

— Vous avez une idée de comment ça se manœuvre ? demande la jeune femme.

— Absolument pas, mais ça ne doit pas être très compliqué, répond Vincent. J'imagine que ça se conduit un peu comme une voiture.

Il se saisit de la barre et la tourne vers la droite.

Le bateau dévie vers la droite. Beaucoup trop. En quelques secondes, il a tourné de presque quatre-vingt-dix degrés, et se dirige droit vers une berge.

— Euh... comme une voiture un petit peu massive.

Il tente de rétablir le cap.

— Comment est-ce qu'on freine ?

Il s'approche d'une petite manette qu'il tire vers lui. Brusque accélération qui secoue Vincent et April. Il repousse la manette en sens inverse.

— Vincent ! Regardez, le rivage !

Le choc est inévitable. Vincent reste calme.

— J'oubliais, il n'y a pas de frein sur un bateau. Accrochez-vous. Et ne vous inquiétez pas, je suis en réalité un amiral à la retraite.

Il tourne la barre à gauche toute. Le rivage continue à s'approcher, mais cette fois en biais. Instinctivement, April s'est accrochée à lui.

Choc. Énorme craquement. Le bateau s'immobilise.

Vincent se tourne vers la jeune femme avec cérémonie.

— Chère passagère, notre bateau prend l'eau. Nous devons évacuer. Comme vous le savez, ce sont les femmes et les grands enfants d'abord. Alors, allons-y.

Quelques minutes plus tard, sur le rivage. Ils regardent ce gros bateau échoué, un peu ridicule avec sa banderole d'anniversaire et ses guirlandes qui continuent à clignoter toutes seules.

— C'est quand même dingue, votre histoire de calques, soupire Vincent. Penser que sur ce bateau les amis de Madeleine continuent à faire la fête avec Ken Loach au beau milieu de la Tamise.

— Ce n'est pas *mon* histoire de calques, cher Vincent. Je ne suis pas responsable de cet état de fait, vous savez.

Vincent la regarde, étonné. C'est comme si elle était vexée par ce qu'il vient de lui dire. Comme si elle pouvait penser qu'il lui reprochait tout cela. Alors qu'il ne lui reproche rien, bien au contraire. Puisqu'il est là, à côté d'elle, à ce moment précis, et que sans « cette histoire de calques », il n'y serait pas. C'est ça qu'il devrait lui dire. Mais il lui dit :

— Alors vous m'avez trouvé comment en super-héros qui prend le contrôle d'un engin lancé à pleine vitesse ? Un peu ridicule, non ?

— J'ai eu un peu peur, répond April très sérieusement. Je me suis dit que je n'aurais jamais dû lancer un processus d'isolation dans ces conditions. Mais je trouve que vous avez très bien réagi.

— Vous plaisantez ?

April se tourne vers lui et le regarde droit dans les yeux.

— Vincent, il faudrait que vous appreniez à accepter des compliments sans forcément systématiquement les remettre en cause.

— Quel genre de compliments ? demande le jeune homme.

— Ce genre de compliments.

Elle s'approche de lui et l'embrasse sur la bouche.

Un baiser, un vrai baiser. Qui dure. Au pied d'un bateau échoué, et en contrebas des rives d'une ville qui semble morte.

Quelques nouvelles minutes plus tard. Ils sont dans une Mini Cooper, ancien modèle, qu'il n'a guère été difficile de faire démarrer. Vincent conduit. Ils sont rêveurs, tous les deux. Ils roulent, seuls, dans Londres, dans un silence écrasant, dans une ville fantôme, dans des rues désertes, et, pourtant, c'est particulièrement agréable.

La voiture passe devant un hôtel de luxe. Vincent ralentit et regarde la façade. April lit dans son regard ce qu'il va dire. Elle lui répond, très doucement.

— Pense à Cendrillon. À un moment, le carrosse redevient citrouille. Et l'hôtel vide redevient un hôtel plein. On n'a pas tous les pouvoirs.

Et elle pose sa main sur celle de Vincent qui est sur le levier de vitesse. Et il respire fort, comme un soupir à l'envers.

À Paris, sur la scène du théâtre Hébertot, Montesquiou est toujours assis derrière sa table.

— *Timon d'Athènes* est une pièce passionnante. Elle est à la fois un peu maladroite, et d'une force extrême. On soupçonne Shakespeare de ne pas l'avoir vraiment finie, et de l'avoir écrite avec Thomas Middleton, ce qui explique une narration parfois confuse. La pièce est en deux parties. Dans la première partie, Timon est un homme d'une générosité sans pareille, qui distribue son immense fortune à son entourage. Générosité qui culmine dans un fabuleux banquet, où Timon disserte sur l'amitié qui le lie à tous ses invités.

Il se lève et se met à déambuler sur la scène.

— Mais, «*feast won, fast lost*» : ce que la fête a fait est défait par la privation. Engrenage des créanciers : Timon est ruiné. Il réalise alors que ses soi-disant amis n'en voulaient qu'à son argent. Il se retire d'Athènes et laisse libre cours à une misanthropie féroce. Malheureusement... Malheureusement, je n'ai pas le texte de la pièce avec moi, sinon je vous l'aurais lue.

Il regarde sa montre.

— Mais je vais vous lire autre chose.

Il fait des grands gestes vers la coulisse. Un jeune régisseur comprend que c'est lui que Montesquiou appelle et s'approche de l'acteur qui lui dit quelque chose à voix basse. Moment de flottement. Les journalistes présents dans la salle se mettent à chuchoter. Sur la scène, Montesquiou s'énerve.

— Peu importe ce que c'est, du moment que je peux le lire ! On est tout de même dans un théâtre, non ?

Dans le bureau au sous-sol de sa maison, Mikael Korta est, comme toujours, seul. Il n'écoute pas la radio, ne regarde pas la télévision. Son calque est isolé mais il ne le sait pas. Il ne le saura pas. Il est dans son grand fauteuil en cuir noir, et il regarde le mur. Il se lève lentement, et avec un gros marqueur noir il fait une croix sur la photo de Giuseppe Aquindi, de Trapani. Puis sur la photo de Jacqueline Corquoral, de Genève. Il remet le capuchon sur le marqueur. Il tapote sur le mur, sur l'inscription ROW. Il va falloir penser à s'en occuper, maintenant, de ce reste du monde.

À Londres, dans le studio-bureau de la jeune femme, April et Vincent font l'amour.

Vincent de ses mains parcourt ce corps qu'il découvre et qui le bouleverse, ces jambes interminables, ces petits seins timides et charmants, ce cou immense et gracieux, ce nez droit somptueux, ces lèvres charnues sans la moindre vulgarité, ces cheveux châtains et la frange qui tombe sur ce front et ces yeux remplis de douceur et d'intelligence, Vincent met son nez sur l'épaule d'April et inspire longuement pour se souvenir à tout jamais de l'odeur de cette peau blanche et de ce moment et de cette jeune femme qu'il ne connaissait pas quelques jours auparavant et qui lui semble être tellement essentielle à sa vie.

April met ses deux grandes mains sur le torse de Vincent, elle aussi est bouleversée, elle n'a jamais senti cela auparavant ni avec Joshua ni avec ses amants précédents, elle a le sentiment d'être entièrement comblée par ce garçon qui lui fait l'amour, qui lui semble si doux et si fort, si sûr de lui et si respectueux d'elle, ce corps qui est sur elle est plus qu'un corps c'est un individu qui lui semble être bon, si bon pour elle et a-t-elle jamais pensé à elle, à dater de ce jour elle aime profondément que quelqu'un l'aime, elle se demande comment elle a pu attendre si longtemps avant de vivre cela.

C'est bon, et c'est si rare : tout autour d'eux, la ville se tait. Ils sont seuls. Par la fenêtre, Londres les entoure de la seule présence de ses bâtiments vides.

À Paris, Montesquiou est toujours sur scène. Il déambule, une petite brochure à la main. Sa voix est caressante.

— Déplacer toutes les substances inflammables à une distance de 10 mètres et 70 centimètres de l'arc de soudage. En cas d'impossibilité, les recouvrir soigneusement avec des protections homologuées.

Il prend un ton effrayant.

— Ne pas effectuer de soudages sur des conteneurs fermés tels que des réservoirs, tambours, ou conduites, à moins qu'ils n'aient été préparés correctement conformément à la norme AWS F4.1

Dans la salle, les journalistes qui sont encore là hésitent entre la stupéfaction admirative et la stupéfaction exaspérée. Une chaîne du câble laisse tourner sa caméra.

La voix de Montesquiou se fait chantante.

— Suivre les consignes de OSHA 1910.239, petit a, grand 2, petit 4, et de NFPA 51B pour travaux de soudage, et prévoir un détecteur d'incendie et un extincteur à proximité.

Il s'adresse maintenant aux journalistes.

— Elle est excellente, cette brochure sur...

Il lit le titre.

— ... les « consignes de sécurité relatives au soudage à l'arc ». Mais je me demande s'il n'y a quand même pas un problème de traduction. Est-ce qu'on ne dit pas « soudure », plutôt que « soudage » ?

Il pointe un index menaçant vers la salle interloquée.

— Est-ce que quelqu'un ici a un dictionnaire ?

À Londres, c'est le moment de l'après. Le moment où l'on revient à la vie. Le moment où l'on est serré l'un contre l'autre et où le premier qui rompt le silence ne doit le faire qu'à bon escient.

Et c'est April qui parle.

— Je ne sais pas. Je ne sais pas si j'ai vraiment le droit de faire ça. Je veux dire, moralement.

— Quand tu dis « ça », tu veux dire, ça nous, ou ça, les calques ?

April sourit. Elle n'avait pas pensé au double sens.

— Je veux dire les calques. Ça, nous, comme tu le dis joliment, ne me pose aucun genre de souci d'ordre moral, ni aucun souci d'aucun ordre, d'ailleurs. Mais isoler deux calques, juste pour le plaisir...

— C'est un peu à cause de moi.

— C'est un peu grâce à toi… Tu sais, dans la vie, je manque souvent de fantaisie, d'habitude. En ce qui concerne les scientifiques, il y a des clichés qui tiennent la route…

— En ce qui me concerne, la reprend Vincent, le cliché que je me fais du scientifique, c'est le savant barbu avec de grosses lunettes. Et il est assez peu probable que je me retrouve dans un lit avec lui.

April rit. Elle se penche vers lui et l'embrasse, comme pour le remercier.

Et puis soudain, d'un coup : les bruits de la ville sont là à nouveau. Presque rassurants : les klaxons, les moteurs, les avions au loin, le brouhaha de la rue.

— Tu vois, dit April, le carrosse est redevenu citrouille. Mais nous, on est encore là.

C'est au tour de Vincent de se pencher vers elle. Il faut qu'il arrive à prononcer cette phrase qui lui semble à moitié ridicule et qui est pourtant vraie.

— April, c'est comme si je t'attendais depuis toujours.

April ferme les yeux doucement. Elle n'a pas le courage, encore, de lui dire qu'elle a exactement le même sentiment. Elle rouvre les yeux, fait sa bouche un peu insolente et attrape Vincent par la nuque et l'embrasse.

Ils vont rester au lit.

Faire l'amour à nouveau.

Dormir.

Et ainsi de suite. Comme un cycle qui semblerait n'appeler aucune fin.

Et pourtant si : il faut quand même qu'il y ait une fin. Qu'il y ait un lendemain matin, que Vincent soit attendu pour des comparutions immédiates à Old Bailey, qu'April soit à son laboratoire, en train d'allumer son ordinateur et de traîner, une fois n'est pas coutume, en rêvassant et en buvant son café très lentement.

Sur son navigateur internet, elle a une homepage fournie par Google qui permet de suivre un certain nombre de fils d'actualité, mais aussi de mots clés qui sortent dans des dépêches. À moitié pour rire, à moitié sérieusement, April s'est créé une fenêtre d'alertes sur le mot « calque ». Petit à petit, *a fortiori* au fur et à mesure que ses recherches généraient de plus en plus d'incompréhension de la part des subventionneurs, le mot lui-même est devenu comme un compagnon, comme un ami. Il lui arrive donc souvent de lire avec plaisir des dépêches sur une usine de papier calque qui va fermer au fin fond du Canada, ou sur un maire irlandais qui déclare que le programme de son adversaire a été calqué sur le sien.

Mais, ce matin, c'est autre chose. Le site, c'est psy-log.com, portail mondial de la psychanalyse. Le titre de l'article : « L'ingénieur K. et son monde construit comme une série de calques ». April clique sur le lien : un petit résumé de l'intervention du professeur Fichte donne quelques détails. Mais surtout, il y a une vidéo : sous une affiche « Symposium paranoïas destructrices », quelques hommes sont réunis autour d'une table. Aaron Fichte en fait partie, qui parle dans un micro en lisant les feuillets posés devant lui.

— Merci de me donner la parole, cher professeur Mollina. Je parle de don, mais c'est bien d'un prêt qu'il s'agit, car je vous la rendrai dès la fin de mon intervention, en espérant recueillir non point votre approbation, que je ne saurais solliciter, mais tout du moins vos remarques qui me seront, jusqu'à l'excès, profitables. N'est-ce pas. Je vais vous parler d'un de mes patients, que j'appellerai K. (et je vous montrerai que la référence à Franz Kafka est loin d'être involontaire), qui est un ingénieur de très haut niveau dans une entreprise de pointe. Cet ingénieur a entamé une consultation de façon non volontaire, suite à une altercation au sein de son entreprise.

April a la bouche ouverte. Son café, posé à sept centimètres de sa main gauche, va refroidir sans qu'elle ne pense jamais à le reprendre.

***

Une demi-heure plus tard. Dans d'autres onglets de son navigateur internet, April a ouvert des pages pour faire des recherches complémentaires. D'abord sur le site de la BBC en espagnol. Elle clique sur un lien « Disparition inexpliquée au Festival de Prestidigitation de Tijuana ». Une petite fenêtre vidéo s'ouvre. Images saccadées de Tijuana et de son Palais des Congrès. Et photos de José en costume de magicien. Le commentaire est en espagnol.

— Tijuana était pourtant fière d'accueillir pour la première fois le prestigieux Festival International de Prestidigitation. Mais la sombre réputation de la ville-frontière a encore frappé. Lors de la soirée d'ouverture, un magicien a réellement disparu. Enlèvement ? Crime crapuleux ? Ou disparition volontaire ? Toutes les hypothèses restent envisagées...

April arrête la vidéo. Elle regarde la date : 21 mai. Elle clique sur l'onglet suivant qui affiche une dépêche Reuters datée, elle aussi, du 21 mai, et titrée : « Incroyable disparition dans un avion au Japon ».

April retourne sur le premier onglet : la vidéo de Fichte. Elle revient quelques secondes en arrière.

— Le délire de K. le pousse à affirmer qu'il a découvert par erreur le moyen d'isoler définitivement un « calque » du reste de l'humanité. Passionnante, cette idée de l'erreur, le *lapsus calami* qui donne au paranoïde le pouvoir de dominer les autres. N'est-ce pas. Comment ne pas penser à cet article de Freud de 1906, « Établissement des faits par voie diagnostique et la psychanalyse » ? Je cite : « J'ai montré que quand quelqu'un fait un lapsus en parlant, il ne faut pas en rendre responsable le hasard... »

April arrête la vidéo. Elle réfléchit. Elle a du mal à être sûre de ce qu'elle est en train de comprendre. Il est près de onze heures du matin : elle allume son téléphone portable.

Joshua est dans son cabinet d'orthodontiste. Peut-on vraiment se concentrer sur la pose d'une double couronne quand sa copine a disparu dans la nature ? Joshua est un garçon organisé : ce matin, il a laissé un message sur le répondeur du portable, un sms, un message au labo et un au studio d'April, il a appelé les hôpitaux et les commissariats, et, en l'absence de toute réponse, selon l'adage auquel il se raccroche avec espoir, il considère qu'il n'y a pas de mauvaise nouvelle. Donc : il attend. Il attend depuis plus de douze heures, cela dit. Cela commence à faire long.

— Alors, docteur, qu'est-ce que vous en pensez ?

De cette double couronne. Ce qu'il en pense ? Il n'en pense plus rien : son portable sonne, et ce prénom en cinq lettres qui s'affiche lui fait tellement de bien.

— April ?

— Josh... Je suis désolée... Je t'expliquerai... Ne t'inquiète pas... Je t'expliquerai ce soir.

Ne pas s'inquiéter ? Cela va être difficile.

La sortie d'un café à Saint-Pétersbourg. Un jeune homme russe, passablement ivre, sort au bras de sa femme, qui est dans un état similaire. Un passant s'approche d'eux, et demande du feu, en anglais.

Le Russe sort son briquet en éructant quelques mots triomphants dans un anglais incompréhensible. Sa phrase est coupée. Par un couteau qui pénètre de bas en haut vers son cœur.

Hurlements du Russe qui meurt. Hurlements de sa femme qui le voit mourir. C'est bruyant, c'est la Russie.

Vincent retrouve April dans son labo. Il a compris au ton de la voix de la jeune fille au téléphone que les moments de la nuit précédente n'étaient pas mis en question, mais entre parenthèses. Vincent avait vécu la même chose le 11 septembre 2001 : il avait une nouvelle fiancée depuis moins d'une semaine, et soudain tout s'était arrêté, l'histoire d'amour avait dû attendre quelques jours avant de se redéployer dans l'espace des sentiments.

En guise de retrouvailles, April lui montre la vidéo d'Aaron Fichte.

— Sa folie des grandeurs évolue vers des formes de plus en plus incontrôlables, et il décide que, non content de supprimer tous les membres de son « calque », il va éliminer, en les isolant définitivement, tous les calques qui composent l'humanité. La perspective de sa mort prochaine, due à une tumeur au cerveau, détourne son trauma originel dans une sorte de transfert pseudo-techniciste. Sa pulsion destructrice peut s'exprimer enfin à plein : il souhaite être, il le dit à plusieurs reprises, le « dernier homme », sans se rendre compte qu'il réalise ainsi un chiasme auto-limité avec Adam, le premier homme. De l'unique à soi, il veut refermer la parenthèse de l'humanité. Et il m'explique qu'il en a les moyens : sa société disposant de bases de données biométriques gigantesques, il a accès à quasiment l'intégralité des calques possibles. À l'heure où je vous parle, il est sans doute en train de fourbir son plan démoniaque, ah, ah. D'où l'évidente comparaison avec le « Joker », le méchant affrontant Batman, avide du mal pour le mal, dont Bettelheim a proposé une interprétation passionnante...

April interrompt la vidéo. Vincent lève les yeux vers elle.

— Tu es sûre de toi ? Sûre que tout ça n'est pas du pipeau de psychanalyste un peu barré ?

— Je connais trop bien Korta et la théorie des calques pour ne pas être sûre de moi. C'est certain que ce psychanalyste est barré, mais c'est tout aussi certain que ce qu'il relate de Korta, il ne peut pas l'avoir inventé tout seul.

— Cela veut dire, si j'ai bien compris ce charabia, que parce qu'on est sur son calque, Montesquiou et moi, et d'autres, on est menacés ? Et qu'ensuite il va s'en prendre au monde entier ? Euh... comment dire ? Ça semble un peu gros.

— Ça semble un peu gros, reprend April. Mais si on ne le croit pas nous, qui va le croire ?

— Ce qui est sûr, c'est que ce qui s'est passé concorde... Et en même temps, on est dans une impasse... Si on va voir les flics en leur expliquant la théorie des calques, et en leur montrant la vidéo d'un psychanalyste annonçant la fin du monde, je crains qu'on ne soit fraîchement accueillis...

Vincent se lève, il agite les doigts de ses mains comme un pianiste s'échaufferait avant un concert.

— April, tu réalises que j'étais, avant cette histoire de calques, un gars normal ?

— Non, je ne pense pas que tu sois un « gars normal », Vincent. Et pas simplement parce que tu as la malchance d'être sur le calque de Mikael Korta... C'est précisément parce que tu n'es pas un « gars normal » que j'ai passé la nuit précédente avec toi. Et c'est pour cette même raison que je pense que tu vas faire quelque chose.

— Bien sûr que je vais faire quelque chose. Je ne vais pas rester les bras ballants en attendant que ça se passe.

April regarde Vincent qui réfléchit calmement. Par quelle bizarrerie certains êtres humains ont-ils un tel sang-froid tandis que d'autres sont d'une lâcheté sans nom ?

— La première chose, c'est qu'on a un peu de temps devant nous. *A fortiori* si on part là-bas. Si le projet de Korta est d'abord de vider son calque, je suis une garantie tant que je suis en vie. Je suis l'assurance vie du genre humain.

April ne sourit pas.

— Même pour rire, ce n'est pas drôle, Vincent. Vraiment pas drôle.

Vincent ne relève pas.

— Si j'ai bien compris, Korta va utiliser tous les iris que sa société a en stock dans ses bases de données pour recenser les calques qui composent l'humanité. C'est bien ce que nous annonce notre ami psychanalyste ?

— Je vois que vous maîtrisez dorénavant la théorie des calques sans la moindre difficulté, maître.

Elle s'est approchée de lui. N'a trouvé que ce ton ironique pour lui dire qu'elle veut lui dire ce qu'elle n'ose pas lui dire. Il se tourne vers elle. Elle l'embrasse – à défaut de le lui dire. Ce baiser qui dure les apaise tous les deux. Vincent ferme les yeux, et les rouvre.

— De mémoire, il y a à peu près cent millions de calques potentiels, c'est ça ?

— C'est ça, à peine plus, répond April, fascinée par la façon dont Vincent prend les choses en main.

— Et la boîte de Korta, tu penses qu'ils ont à peu près combien d'iris en stock ?

— Je ne le pense pas, je le sais. Ils ont suffisamment communiqué sur ce sujet : c'est la première entreprise mondiale en matière de biométrie. Environ la moitié des dispositifs de reconnaissance des yeux dans le monde sont mis en place par la société ou une de ses filiales. Ça fait une base de données d'un peu moins de 200 millions d'iris.

— Bon, je ne suis pas très doué en statistiques et en probabilités, je te laisse me dire combien de calques différents cela fait.

— Il y a un facteur qu'on ne maîtrise pas : le facteur répartition. Je n'ai jamais travaillé sur des données macro. Et, pour le coup, Mikael Korta s'est toujours bien gardé de m'en parler. Tu vois ce que je veux dire : je ne sais pas quelle est la distribution réelle sur les calques. Ce que je peux calculer, c'est qu'en moyenne il y a 65 personnes sur un calque. Donc dans l'hypothèse la plus favorable, c'est-à-dire si l'ensemble des iris disponibles étaient tous regroupés sur des calques à 65 membres, cela ferait environ 3 millions de calques.

— Cela voudrait surtout dire que les gens qui ont laissé, volontairement ou non, une empreinte de leur iris à la boîte de Korta seraient systématiquement sur les mêmes calques.

— Oui, c'est une hypothèse tangentielle, qui donne la tendance à un extrême. Donc dans ce cas, Korta ne ferait disparaître que 3 % des calques...

— ... ce qui correspond à ces 200 millions de personnes. À l'autre extrême, on a quoi ?

— Attends, déjà ce calcul n'est pas vraiment exact. Parce qu'on divise par 65, chiffre moyen, et qu'on remultiplie par 65, chiffre moyen. Mais on peut très bien conjecturer qu'il y a en fait une moyenne de 90 personnes sur ces calques – ce qui semblerait logique vu que la répartition de nos 200 millions de personnes est très faible. Ça laisse entendre que les calques sont fortement peuplés. Et si tu multiplies tes trois millions de calques par une moyenne à 90, tu arrives déjà à 275 millions. Ça va vite.

— April, ça devient un peu trop compliqué pour moi. Dis-moi ce que ça donne dans l'hypothèse haute.

April est déjà en train de faire les calculs.

— Avec une répartition beaucoup plus large des iris stockés dans les bases de données, on arrive à... 80 % de calques, et là en restant à 65 de moyenne, ça fait... 5,2 milliards d'humains touchés.

— Tu penches pour quelle hypothèse ?

— Je coupe la poire en deux : je dirais trois milliards de personnes potentiellement définitivement isolées.

Petit rire jaune de Vincent.

— Trois milliards... Ce n'est rien du tout.

Le jeune homme réfléchit un instant.

— En fait, j'ai pensé à deux choses pour arrêter Korta. L'expansion, ou la réduction. Tu me suis ?

— Pas vraiment.

— L'expansion : on fait en sorte de mettre dans sa base de données des centaines de millions de faux iris. Ce faisant, on grippe tout son système.

— Mmh... Ce n'est pas si simple que ça de faire de faux iris qui soient acceptés par la base de données. Et surtout, le temps qu'il faut pour éliminer un calque est suffisamment faible pour que Korta ne soit pas vraiment empêché. S'il s'appuie sur les machines de sa société, bien sûr... Avec ses ordinateurs personnels, il ne peut rien faire, vu les quantités. Mais nous non plus.

— Deuxième solution : la réduction. On élimine sa base de données.

— Ça me paraît plus logique.

— Moi aussi, bien sûr, mais c'est plus difficile aussi. Il faut qu'on se prépare à aller aux États-Unis. Je vais m'en occuper. Il faut aussi que je prévienne Montesquiou de l'autre menace.

— Toi aussi, Vincent, il faut que tu fasses attention à toi.

— Ne t'inquiète pas, April. Il ne peut rien m'arriver.

Elle l'interroge du regard. Pourquoi ne pourrait-il rien lui arriver ?

— À cause de toi.

Elle le serre dans ses bras.

— Vincent, j'aurais tellement voulu te rencontrer dans un autre contexte, sans que cela nous tombe sur la figure.

Vincent sourit.

— En même temps… si cela ne nous était pas tombé sur la figure, on ne se serait jamais rencontrés.

Elle le regarde. Elle admire ce garçon qu'elle ne connaît pourtant qu'à peine.

À Martigné-Briand, toute petite ville rurale de l'Anjou, le château, en plein centre, donne directement sur des vignes qui descendent en pente douce vers le Layon. Le bâtiment date du XIIe siècle. Roger Montesquiou l'a acheté dans les années 1990, avec le cachet d'un film hollywoodien dans lequel il jouait le rôle du méchant (français, évidemment).

Autour du château, la rue du Bellay forme un large demi-cercle bordé d'un mur de près de trois mètres de hauteur. Autant dire que le touriste en mal de célébrités n'a aucune chance de voir Roger Montesquiou lorsque celui-ci est dans son château, ce qui est le cas aujourd'hui : il est venu rendre visite à Maxime Duroy, son maître de chai.

Ils parlent du vin de l'année en cours, de celui de l'année prochaine, des évolutions éventuelles, des autres vins que produit Montesquiou maintenant, un peu partout dans le monde.

Montesquiou ouvre une seconde bouteille de blanc 1995, un de ceux qu'il préfère parmi tous ses vins. Il commence à servir son interlocuteur. Son téléphone sonne. Montesquiou peste. C'est Vincent : il décroche.

— Vincent ! Tu ne vas pas recommencer ton petit jeu de cache-cache, hein ?

— Non Roger, pas pour le moment. En revanche, écoute-moi. Il faut que tu fasses extrêmement attention, autour de toi.

— Comment ça, attention ? Tu veux dire à moto ? Qu'est-ce que vous avez tous à me pouponner ?

— Il n'est pas question de moto, Roger. Je... Je te passe les détails, mais notre ami commun, celui qui est à l'origine de toutes nos histoires de disparitions, semble avoir décidé d'aller un peu plus loin. Et de nous éliminer.

— Vincent, tu es ivre là ?

— Non, je suis très sérieux, je te promets. Et encore, je ne te dis que ce que tu es capable d'entendre. Je t'en supplie, Roger, sois très prudent. Tu pourrais prendre un garde du corps.

— Un garde du corps ? Je suis déjà bien assez entouré comme ça. Ne t'inquiète pas pour moi. Ce n'est ni la première ni la dernière fois que je reçois ce genre de menaces. Je ferai attention. À propos, tu sais que je viens très bientôt à Londres pour jouer *Timon* ? On pourrait dîner ensemble ? La personne qui s'occupe de mon agenda t'appellera. Allez, je te laisse, j'ai mon blanc 1995 à boire avec mon ami Duroy. À plus tard.

Il raccroche et remplit les deux verres.

— On ne va pas non plus se laisser emmerder !

Dans une rue du vieux Lisbonne. Un petit restaurant populaire avec terrasse. Une famille déjeune dans une joyeuse cacophonie. Un passant s'approche de la table, se place derrière la femme, tire deux balles dans la nuque.

Confusion. Des clients tentent d'intervenir, mais l'homme a son revolver à la main. Panique. L'homme disparaît en courant. Dans des petites rues pavées qui incitent à la rêverie : c'est le Portugal.

Dans la cave-atelier de Joshua. April est assise sur le siège qui fait face au plan de travail sur lequel un moulage de dents est en train de sécher. Joshua, avec un minuscule petit plumeau, époussette sa collection sur les étagères qui courent tout le long du mur.

— Napoléon, je ne m'en lasse pas. Ces drôles de petites canines un peu rondes...

April relève la tête.

— Josh ?

Joshua poursuit sa tâche avec application.

— Mmmh ?

— Josh, tu es triste ?

Il sourit tristement.

— Pourquoi je serais triste ? Tout ça était écrit, tu sais. Oh, elle est très simple, l'histoire du personnage nommé Joshua. Elle est très simple. Elle commence avec la fêlure de l'enfance, le grand événement dramatique qui engendre la suite : le père dur à cuire qui lui arrache une dent avec un fil et un clou de girofle en guise d'anesthésique. La vocation qui surgit alors : devenir orthodontiste, devenir celui qui maîtrisera le destin des dents. Avec son corollaire névrotique : la plus grande collection au monde de moulages dentaires de personnages célèbres. Ce genre de personnage qu'il ne sera jamais.

— Joshua...

Il prend dans les mains les dents de Léonard de Vinci et les regarde avec application.

— Bien sûr que non ! Il ne sera jamais célèbre. C'est un second rôle. L'espace d'un instant, on lui a fait croire qu'il avait l'étoffe d'un premier rôle. On lui a fait partager la vie d'un premier rôle. D'une scientifique dont le travail n'est pas, pas encore s'entend, reconnu. Elle est plus jeune que lui, elle s'abrite sous sa force. Elle aime son humour, aussi. Parce que, bien sûr, on en a fait un personnage drôle. Mais c'est le problème de l'humour juif : il est toujours un peu désespéré. Alors, un jour, ça lasse. Alors, un jour, le premier rôle féminin rencontre le premier rôle masculin. Il fallait bien que ça arrive. Il est plus jeune, il est plus beau, il bouge dans tous les sens, il est au centre de l'histoire.

— Joshua !

— Voilà. Comme tous les seconds rôles, le petit Joshua va devoir céder sa place. Oh, il aurait mauvaise grâce à se plaindre : il en a bien profité. Et il savait bien qu'il n'était pas assez complexe pour prétendre au premier rôle. Il ne peut pas dire qu'il n'était pas prévenu. Qu'il ne savait pas que ça finirait par arriver...

Toujours immobile devant le plan de travail, April pleure tout doucement. Joshua a reposé de Vinci. C'est maintenant Schubert dont il scrute la dentition. Il se force à sourire.

— Mais tu sais quoi, April ? S'il n'y avait pas de seconds rôles, il n'y aurait pas d'histoires.

Vincent est à l'accueil de « Avocats pour les sans-droits ». Il y a là Manuella, les autres salariés, quelques bénévoles venus donner un coup de main en ce jour d'envoi des lettres de convocation aux adhérents. C'est l'heure du déjeuner. Manuella, en bonne cheville ouvrière, décrète la pause.

— Allez, on va se poser au chinois d'en face.

Tout le monde se lève. Vincent, soucieux, s'approche de Manuella.

— Je vais manger tout seul, je vous rejoins tout à l'heure.

— Tu-vas-manger-tout-seul ? éclate de rire Manuella. Je n'y crois pas une seconde... Toi, manger tout seul... Je suspecte plutôt une nouvelle fiancée.

Vincent ne répond pas. Il n'a pas rendez-vous avec April, qui déjeune avec des collègues de labo. Mais il a besoin d'être seul. Pour réserver les billets d'avion pour les États-Unis, certes. Mais cela pourrait attendre ce soir : leur départ est prévu pour dans trois jours.

Lui qui adore d'habitude ces déjeuners avec toute l'équipe, il veut rester tout seul, aujourd'hui. C'est comme ça : il n'y a rien à ajouter.

La rue centrale d'un petit village rural du nord du Portugal. Un monsieur âgé sort d'une épicerie et se dirige vers sa voiture. Il s'assied à la place du conducteur et pose ses commissions sur le siège à côté.

Derrière lui une corde de guitare surgit et lui enserre la gorge. Jusqu'à l'étouffement.

Le tueur sort de la voiture. C'est Joseph.

Dix minutes plus tard, il laisse un message sur le répondeur de Korta.

— Il n'en reste plus que deux.

Sur le parvis des Halles, devant l'église Saint-Eustache à Paris, Roger Montesquiou est assis sur une chaise de tournage. C'est la nuit. Des techniciens s'affairent : ils préparent la prochaine scène.

Montesquiou a ses lunettes de presbyte sur le nez. Il lit, à voix haute, en anglais, le texte qu'il a sous les yeux.

— Quant à eux, mes amis réunis ce soir, puisqu'ils ne me sont rien, ne les bénissez en rien, et qu'à rien ils ne soient les bienvenus.

Une vingtaine de badauds sont tenus à l'écart par des barrières. Ils prennent en photo Montesquiou.

— Enlevez les couvercles, chiens ! Et lapez !

Dans le groupe de spectateurs se faufile Joseph.

Un jeune homme à l'air sûr de lui s'approche du fauteuil de Montesquiou. Il a un casque autour du cou. C'est le réalisateur.

— On va y aller, Roger. Tu vois, ce qui est important, dans cette scène, c'est qu'on sente l'émotion du mec qui se fait tromper par sa femme, mais qui en même temps l'aime encore, tu vois. Comme une sorte de...

Il réfléchit un long moment.

— ... de dilemme, quoi.

Montesquiou le fusille du regard. Il continue en anglais.

— Dois-tu te conduire en infâme dans ta création ? Vas-tu fustiger tes propres fautes chez les autres ? Fais-le, j'ai de l'or pour toi.

Le réalisateur le regarde, interloqué. Montesquiou lui pose la main sur l'épaule, changeant de ton, et en français.

— C'est pas grave, mon petit.

Un groupe de spectateurs s'est rapproché d'eux, pour écouter le dialogue. Parmi eux, Joseph.

Le réalisateur cherche quelque chose d'intelligent à dire. Il ne trouve pas. Il hurle, à l'attention de son premier assistant.

— Jean-Paul, tu me vides ce putain de plateau ! C'est quand même dingue le bordel qu'il y a !

Des assistants viennent aussitôt repousser les badauds. Joseph voit Montesquiou s'éloigner. S'il tentait de le suivre, il serait aussitôt repéré par la sécurité. Ce sera pour une autre fois.

Montesquiou s'approche des gros projecteurs qui éclairent le plateau. Il lève les yeux vers eux, et poursuit sa récitation.

— Te regarder une dernière fois, ô mur, toi qui ceintures tous ces loups. Disparais sous terre, et laisse Athènes sans défense !

Un petit village du nord du Mexique. Maria roule dans sa Ford jaune sur la route centrale. Un panneau indique « Tijuana, 21 ». Accroché à la devanture d'une maison, un petit âne la regarde passer placidement. Maria le regarde. Elle freine, puis s'arrête. Elle descend de la voiture avec son chien, et s'approche de l'âne. Lentement, elle décroche la corde qui le retient. L'âne secoue la tête. Il regarde Maria. Il fait quelques pas, inquiet. Un léger sourire de contentement se dessine sur le visage de Maria. Elle caresse son chien doucement.

Vincent marche dans la Hay's Galleria, galerie commerciale londonienne. C'est un jour comme un autre : il y a des gens qui vont vite, des gens qui traînent devant les vitrines, des gens qui rentrent dans les magasins dépenser leur salaire tandis que d'autres en sortent les mains vides, il y a du bruit, de la musique de galerie commerciale et du brouhaha, une adolescente pouffe dans son téléphone portable et un père de famille s'énerve contre ses deux enfants qui veulent une glace.

Vincent, lui, est pressé, comme toujours. Plongé dans ses pensées. Plongé dans les fils de cette histoire avec April qui commence. Dans sa douceur, sa timidité, mais aussi sa force, la façon dont elle le serre quand ils font l'amour, comme si elle avait peur qu'il disparaisse. Plongé aussi dans les méandres de cette histoire de calques qui l'emmène vers quelque chose de presque irréel.

Quelqu'un qu'il n'a pas le temps de voir le bouscule. Vincent relève la tête. Il s'arrête. Il regarde le passant qui continue son chemin comme si de rien n'était. Il s'apprête à l'interpeller. Se ravise.

Il jette un regard circulaire autour de lui. La foule des badauds. Le regard de Vincent se durcit. Les gens passent à côté de lui sans y prêter attention.

Ces humains qui s'agitent, qui se meuvent sans raison, qui parcourent l'espace, son espace.

Vincent a maintenant la mâchoire serrée. Il fait un tour sur lui-même. Aperçoit un petit couloir perpendiculaire, entre deux boutiques. Il s'y dirige d'un pas rapide. Il s'arrête. Il se retourne. Dans le couloir principal, la foule continue à s'écouler. Vincent repart, cette fois en courant. Il croise quelques personnes qui le regardent avec surprise. Il semble fuir quelque chose, mais il n'y a personne derrière lui.

Il passe devant les dernières vitrines, rentre dans un couloir de service, arrive devant une porte barrée d'un panneau « Interdit, sauf personnel ». Il entre. C'est le local à poubelles.

Vincent referme la porte. Il fait un tour complet sur lui-même. Il est seul. Il reprend son souffle, enfin rassuré. Rassuré ?

Dans son bureau, Aaron Fichte tient d'une main un petit miroir portatif. De l'autre, il racle, en utilisant une sorte de petit peigne métallique, sa langue. Méticuleusement.

On frappe à la porte. Il range l'instrument dans sa poche, non sans l'avoir léché une dernière fois.

— Oui ?

Korta entre. Il s'assied. Son visage est, au sens propre, blanc. Fichte, lui, semble réjoui.

— Monsieur Korta, asseyez-vous, comment allez-vous ?

Un long silence.

— Je suis guéri.

Fichte semble stupéfait.

— Mais je croyais que votre tumeur...

Korta fait un geste du bras.

— C'est terminé, je suis sauvé. Sauvé...

— Ah.

Fichte semble presque déçu. Il devrait, l'espace d'un instant, redevenir un être humain et prononcer un mot gentil, mais il n'en est guère capable.

— Docteur. Je... Ce n'est pas lié à ça, à ce que m'a dit le médecin ce matin, puisque ça a commencé il y a quelques jours... Je ne comprends pas ce que c'est...

— Je vous écoute.

— Je ne supporte plus les gens, dans la rue. Cela me donne envie de m'isoler. De fuir, de me cacher. Les visages des gens m'insupportent. Vous-même, vous avec qui j'avais du plaisir à converser, vous-même... lorsque je lève les yeux, lorsque je vous vois... je vous trouve... comment dire... inutile.

— C'est normal. N'est-ce pas.

— Non, docteur, je vous arrête. Ce n'est pas un transfert. Vous ne devenez pas un ennemi pour des raisons psychanalytiques. D'ailleurs, si c'était juste vous...

— C'est tout à fait passionnant, monsieur Korta. Voyez-vous, il y a peu, je parlais de vous avec quelques collègues, et ils ont été très intéressés par votre cas. Mais je dois dire que cet ajout misanthropique me paraît d'autant plus passionnant.

Fichte frétille sur son siège. Korta ne le remarque même pas.

— Dites-m'en plus sur cette détestation des autres. Quelle forme cela prend-il dans votre vie quotidienne ?

Dans le hall du Ritz de Londres. Le directeur, britannique jusqu'au bout des ongles, droit, fin et racé, s'approche de Roger Montesquiou et lui serre la main avec élégance.

— Monsieur Montesquiou, au nom de tout le personnel du Ritz, je vous souhaite la...

— C'est impossible ! Impossible de se préparer dans ces conditions ! C'est la première ce soir, ce soir... Et toute cette foule qui s'agglutine autour de moi. Comment voulez-vous ?

Le directeur du Ritz a l'habitude de voir ses clients ivres ou odieux, mais plus rarement les deux à la fois. Il reste néanmoins très professionnel.

— Tout à fait, monsieur Montesquiou. Ce qui vous dérange, exactement, c'est... ?

— Les gens, là, autour de moi.

Large geste de la main autour de lui. Dans le hall d'entrée de l'hôtel, il y a un peu de passage : c'est l'heure du déjeuner, on se presse vers le restaurant, vers le Rivoli Bar, vers le Palm Court.

— Vous ne les voyez peut-être pas ? Sont-ce des paparazzi ? Des maîtres-chanteurs ? Des fans qui vont me harceler, me réclamer des autographes ? Ou me parler en croate ?

Le directeur fait un petit sourire gentil.

— Suivez-moi, monsieur Montesquiou, nous avons ce qu'il faut pour vous.

Il l'entraîne vers l'ascenseur. Ils montent au dernier étage.

Et ils entrent dans la Suite Royale.

— La Suite Royale ! proclame le directeur avec une voix respectueuse. Elle s'ouvre avec la « Drawing Room », qui servit de lieu de réunion discret à messieurs Churchill, De Gaulle et Eisenhower pendant la Seconde guerre mondiale.

Dorures, moulures, fauteuils Louis XVI, tapis chargés, marqueteries et tableaux pompiers au mur : c'est assez kitsch, mais ça fait chic.

Le directeur entraîne Montesquiou de l'autre côté du couloir, dans la salle à manger.

— La « Dining Room » est connue pour les dîners faramineux qu'y organisait l'actrice Tallulah Bankhead. C'est là qu'elle a trinqué au champagne dans un escarpin. C'est là aussi qu'a démarré sa liaison avec Billie Holliday, lors d'un dîner où elles n'ont cessé de se parler, ignorant superbement les autres convives. Mais j'ai mieux à vous montrer.

Ils retournent dans la Drawing Room. Le directeur s'approche du mur du fond, recouvert de dalles de miroir. Il appuie sur une moulure dorée, sur la droite. Les miroirs cachent une porte, qui pivote et découvre un petit escalier. Ce sont des miroirs sans tain. Lorsqu'on referme la porte, on voit parfaitement ce qui se passe dans la Drawing Room.

— Pour certains de nos clients, c'est parfois assez utile de pouvoir voir sans être vu. Et l'accès à la chambre est totalement masqué à qui ne le connaît pas. Cela peut être pratique.

Le directeur monte le petit escalier, suivi par un Montesquiou mutique.

À l'étage, ils pénètrent dans une immense chambre ovale, dont les petites fenêtres en hauteur donnent sur Green Park. Un tapis au motif qui pourrait être psychédélique s'il n'était pas fleuri organise l'agencement de la pièce autour du rond central.

— N'oublions pas la salle de bains.

Entièrement en marbre. Démesurée. Pas vraiment chaleureuse.

Le fond de la salle de bains donne sur un dressing.

— En 1921, Sir Charles Chaplin est revenu visiter son pays natal. Il a choisi notre hôtel pour séjourner à Londres. Pour le petit gamin de Kennington, quelle revanche ! Mon père était garçon d'étage ici dans les années 1920. Il m'a raconté. Après moins d'une semaine de séjour, Chaplin avait déjà reçu soixante-treize mille lettres. Si vous voulez bien me suivre.

Le directeur ouvre un placard au bout du dressing. Une petite porte métallique apparaît. Il l'ouvre et s'engage dans un escalier en colimaçon.

— Le jour de son arrivée, il avait fallu plus de quarante policiers pour canaliser la foule et les journalistes, et le laisser entrer dans l'hôtel. Le directeur de l'époque a donc jugé bon d'aménager cet escalier, qui servait au personnel d'entretien.

Ils prennent un monte-charge rudimentaire jusqu'au rez-de-chaussée. Montesquiou n'a toujours pas dit un mot.

— Comme vous le savez certainement, poursuit le directeur, Chaplin espérait retrouver à Londres son amour de jeunesse, Hetty. Hélas, une fois arrivé ici, il découvrit que personne n'avait osé lui dire qu'elle était morte.

Le monte-charge s'arrête devant un simple couloir en béton brut. Le directeur ouvre une porte blindée, qui donne sur l'entrée de service de l'hôtel. Deux employés embarquent des chariots remplis de draps sales dans une fourgonnette stationnée sur la rue.

Le directeur entraîne Montesquiou dans la rue.

— Voyez, nul paparazzo, nul chasseur d'autographes. Ce passage est absolument secret. Même nos employés ne le connaissent pas. Et voyez, vous voici sur Picadilly.

Ils sont à l'angle de Picadilly Circus. La rue est grouillante de monde. Le visage de Montesquiou se contracte.

Il ferme les yeux.

— Vivez longtemps haïs, parasites amènes, doucereux, détestables, pillards courtois, affables loups, ours pleins d'onction, bouffons du sort, amis d'assiette, mouches d'été, ignobles courbe-échines, chimères, girouettes ! Que les maux infinis de l'homme et de la bête vous couvrent tout entiers de croûtes.

Le directeur le regarde. Un peu crispé.

— *Le Roi Lear* ?

Montesquiou, les yeux toujours fermés, ne répond rien.

— *Macbeth* ?

Montesquiou rouvre les yeux. Il fait demi-tour et marche rapidement vers l'entrée de service, puis vers la petite porte.

Dans la rue, un homme l'observe de loin : Joseph.

Le directeur attend que Montesquiou ait disparu dans le petit passage secret. Il secoue la tête, dépité.

— Il n'aura jamais la classe de Sir Chaplin.

Et quand on a dit ça, on a tout dit.

April ouvre la porte de son studio. Vincent est couché sur le lit. Pensant qu'il dort, April s'approche tout doucement.

Dans la pièce, on entend un bruit de musique diffus. C'est Vincent, qui écoute de la musique sur son baladeur. Très fort, donc. Et il a les yeux grands ouverts. Vers le plafond. Vers rien de spécial.

— Vincent ?

Il ne répond pas. April se penche vers lui, inquiète. Vincent la voit enfin. Il se redresse à moitié, et enlève les écouteurs de son baladeur.

Il la regarde sans rien dire. Sans trouver la force.

April le prend dans ses bras.

— Ça va ?

Elle sait très bien que non. Mais il faut bien poser une première question. En l'occurence, cette première question ne suffira pas. Vincent se blottit dans ses bras.

— Tu ne devais pas aller aux comparutions immédiates ?

Vincent n'arrive toujours pas à parler. Il lutte pour ne pas sombrer, alors parler...

April voit, sur l'oreiller, le téléphone de Vincent. Sur l'écran : « 11 appels en absence ». Elle lui passe la main sur les cheveux, tout doucement.

— Vincent, parle-moi...

La voix de Vincent est comme assourdie.

— C'est comme hier... Mais pire encore. Je ne comprends pas...

— Ne t'inquiète pas, mon Vincent. Je suis là. Je suis là...

— Je sais, mais... Avec toi, ça va... Mais avec les autres ? Les autres !

Il pleure. April le serre contre elle. Peut-elle vraiment dire quelque chose ? Peut-elle vraiment faire quelque chose ? Si seulement elle pouvait comprendre ce qui se passe. Si seulement il pouvait y avoir une explication. Elle lui parle à nouveau.

— On va partir, Vincent. On va régler cette affaire, avec Korta. Et ensuite, tout redeviendra normal. Tout redeviendra normal.

— Je ne veux pas que tout redevienne normal dans le futur. Je veux que tout soit normal, maintenant.

Maintenant ?

Sur Bankside, le soleil se couche sur le toit en bois du théâtre du Globe. Dans le grand amphithéâtre à ciel ouvert, les spectateurs commencent à s'installer devant la grande scène sur laquelle un décor de murailles et de vastes arcades a été monté.

Dans les coulisses, le metteur en scène joue nerveusement avec le bout de son nez. Il parle avec son régisseur.

— Les spectateurs sont en train de rentrer, la pièce commence dans vingt-sept minutes, et il ne faut pas s'inquiéter ?

— Ne vous faites pas de souci. Il va arriver. Ça va aller très vite. Il va venir en moto. J'ai eu... Bouboule au téléphone, tout va très bien aller.

— ... Bouboule ?

— C'est son assistant personnel.

Les oreilles du metteur en scène deviennent rouge, d'un rouge si vif qu'on pourrait croire qu'elles sont en train de brûler.

— Mon Dieu ! Mais quelle putain d'idée de merde m'a fait donner le rôle de *Timon d'Athènes* à un putain de mangeur de grenouilles dont l'assistant s'appelle Bouboule ? Mon Dieu ! Shakespeare et Bouboule !

Vincent marche sur Picadilly Circus. Il regarde fixement le sol. L'air sombre.

Une jeune punk aux cheveux rouges s'arrête devant lui.

— Eh. T'as pas une livre ou deux ?

Vincent lève les yeux vers elle, et hurle. Il insulte la punk, qui part en courant sans demander son reste.

Vincent s'arrête. Il a la main en l'air, la main de celui qui s'apprête à frapper. Il regarde sa main, comme effrayé par lui-même.

Dans le couloir du Ritz, Laurent Guilard s'approche de la porte de la Suite Royale. Laurent Guilard, c'est Bouboule, l'assistant personnel de Roger Montesquiou.

— Roger ! C'est Bouboule !

La voix de Montesquiou résonne, à travers la porte.

— Encore un homme ? La peste, la peste !

Bouboule tente de rester calme. Vincent apparaît au fond du couloir.

— Roger, le théâtre a appelé. Il faut partir maintenant.

— Va-t-en, fils de chien galeux ! La fureur me suffoque, de te savoir en vie !

Vincent s'arrête devant la porte. Sans même jeter un regard à Bouboule.

— Roger, c'est moi. C'est Vincent.

La porte s'entr'ouvre. Le visage de Montesquiou apparaît dans l'embrasure. Il vérifie. Il reconnaît Vincent. Il ouvre. Vincent entre. Montesquiou referme brutalement la porte et se détourne. Vincent regarde dans le vide. Il ne voit même pas, dans la Dining Room, les bouteilles de whisky du minibar, abandonnées sur la table ou sur le sol.

— Alors ? demande-t-il à Montesquiou, sans même lever les yeux vers lui.

— Comme toi : une bête. Que le chancre te ronge le cœur puisque tu m'as fait revoir un homme.

Vincent le regarde enfin. Presque soulagé.

— Toi aussi ?

— Honnies soient les fêtes et les foules, la société des hommes. Timon vomit son semblable comme lui-même. Que meure l'humanité.

Vincent se laisse tomber dans un canapé.
— Tu ne peux pas arrêter de réciter ton texte ?

Montesquiou se tait. Il regarde Vincent, comme s'il le voyait pour la première fois.
— Arrêter de réciter mon texte ? Arrêter de réciter mon texte ? Mais c'est mon métier, de réciter. C'est mon métier ! La comédie. Le jeu. Et je joue pour les autres. J'ai aimé ce métier parce qu'il me faisait rencontrer les autres. J'aime connaître des gens. J'aime les gens...
Il réfléchit, puis reprend, las.
— J'aimais les gens.
À nouveau son ton récitatif.
— Comment le grand Timon en est-il arrivé là ? Comme le fait la lune, lorsqu'elle n'a plus de lumière à donner. Mais je n'ai pas pu renaître comme elle : je n'ai pas trouvé de soleil à emprunter.
— Que se passe-t-il ? demande Vincent.
— Que se passe-t-il ? répète Montesquiou, sans plus avoir de réponse.
Il leur arrive la même chose, c'est une certitude. Mais quoi ?

Mikael Korta est seul, dans son bureau en sous-sol. Sur son fauteuil en cuir dans lequel, pour la première fois depuis longtemps, il se prélasse avec plaisir. La puissance de se savoir guéri. Le sentiment d'avoir repris le contrôle de son cerveau, de son corps.

La haine des autres, il ne la sent presque pas. Il n'y a plus d'autres. Depuis si longtemps, les autres n'existent pas. Maintenant, il ne peut juste plus physiquement les supporter, quelle différence ?

Plus que jamais, Korta ressent combien il est important d'isoler définitivement, un à un, tous les calques de l'humanité. Bien sûr, il pourrait se contenter du sien seul, et le sentiment serait le même. Isoler son calque ou tous les autres revient au même. Mais, non, cela ne revient pas au même. Ce n'est pas la même chose : s'extraire du monde, ou le garder pour soi.

Korta veut voir les hommes partir. Les voir ne pas comprendre, au fur et à mesure des disparitions. Les voir s'effrayer. Les voir s'amenuiser. Les voir ne plus se voir.

C'est pour bientôt. Rien ne presse mais tout y pousse. Depuis combien de temps Korta ne s'est-il pas réveillé, le matin, avec une telle énergie ? Avec un tel sentiment qu'il a le destin du monde, mais aussi le sien propre, entre ses mains ?

Dans l'amphithéâtre du théâtre du Globe, il y a plus de mille spectateurs. Ils sont assis. Ils attendent. Ils n'ont aucune raison de penser que la pièce ne va pas commencer.

Dans une loge, un vieil acteur maquillé répète son texte.

— Qui voudrait vivre dans l'opulence, si la richesse entraîne la misère et le mépris ? Qui voudrait de cette splendeur dérisoire, de cette existence où l'amitié n'est qu'un mirage, de ce faste et de cet apparat qui ne sont, comme ces pseudo-amis, qu'un simple trompe-l'œil ?

Le régisseur entre dans la loge.

— On a un problème. Roger n'est pas là.

Le vieil acteur lève un sourcil, mais ne s'arrête pas.

— Pauvre honnête homme, perdu par sa bonté !

Drawing Room de la Suite Royale du Ritz. Vincent est toujours affalé sur le canapé. Il est concentré sur les fleurs du tapis, cherchant des yeux à reconstituer un motif intelligible.

Roger Montesquiou est debout à côté de lui. Il continue à psalmodier son texte.

— Je suis Misanthropos, celui qui hait les hommes. Quant à toi, je regrette que tu ne sois pas un chien, pour t'aimer un tout petit peu.

Il fait quelques pas vers le fond de la pièce, vers la partie du mur recouverte de dizaines de petits miroirs. Plutôt qu'à Vincent, il parle à son reflet morcelé en autant de bribes de lui-même.

— Tous les rôles que j'ai joués ! Qui m'ont toujours laissé indemne. J'ai fait Napoléon, j'ai fait Alexandre, j'ai fait Judas, j'ai fait Hugo, j'ai fait Laval, j'ai fait Lupin, j'ai fait Marco Polo, je suis toujours redevenu Montesquiou. Et là ! Là !

Le reflet de Vincent ne daigne pas lever la tête. Le reflet de Montesquiou continue à bouger.

— Écrasé par cette pièce. Écrasé par Shakespeare, flamboyant et désolant. Malgré moi, je suis devenu Timon d'Athènes. Bouffé par la misanthropie. Dévoré par la fiction. Où est-il, le Roger Montesquiou qui vous a tant séduits ? Je / suis / Timon / d'Athènes.

Et il reprend sa récitation flamboyante et désolante. Dans les carreaux de miroir, Timon s'agite à nouveau.

— Laissez Timon, alors qu'il vieillit, haïr encore plus l'humanité, les grands et les petits.

Coup de feu.

Un miroir a explosé.

La détonation résonne.

Montesquiou ne bouge pas. Vincent a sursauté : il regarde mais ne comprend pas. Montesquiou reprend la parole, tout doucement.

— Quelques mots encore, et puis taisez-vous, mes lèvres. Que l'homme passe sa vie à préparer sa tombe, il n'obtiendra que la mort. Soleil, éteins tes rayons. Timon a fait son temps.

De l'autre côté des miroirs sans tain, au pied du petit escalier qui mène à la chambre, Joseph a toujours son arme braquée sur Montesquiou.

Il tire à nouveau. Encore une fois. Et encore une fois.

Montesquiou vacille. Il hausse la voix.

— Fléaux contagieux aux humains, accablez du feu de vos fièvres infectieuses Athènes la mourante ! Vous, luxure et libertinage, corrompez l'âme et jusqu'à la moelle de nos enfants, pour qu'ils nagent contre le courant de la vertu et qu'ils se noient dans leur débauche !

Encore un coup de feu. Il tressaille. Il crie.

— Gales et pustules, semez vos germes au cœur de tous les Athéniens, qu'ils récoltent une lèpre universelle ! Et que l'haleine infecte l'haleine, pour que la société, et même l'amitié, ne soient que pur poison !

Encore un coup de feu. Puis un autre. Montesquiou crache du sang. Il s'accroche à un rideau. Cette fois, c'est la fin. Il articule, lentement :

— Et / qu'advienne / le / chaos.

Il s'effondre.

Vincent se lève du canapé et se précipite vers la porte. Joseph, derrière le miroir, sursaute : il n'avait pas vu Vincent, placé dans un angle mort. Il reconnaît le jeune homme. Lève son arme vers lui.

Vincent ouvre la porte donnant sur le couloir, bouscule Bouboule et disparaît en courant.

De son côté, Joseph remonte précipitamment dans la chambre, le dressing, et s'enfuit par le petit passage secret.

Dans la Drawing Room, Bouboule découvre Montesquiou au sol. Les yeux ouverts, figés. Mort. Mais apaisé. Souriant.

Enfin réconcilié avec lui-même.

Et avec les autres.

Hurlements de Bouboule.

Un supermarché mexicain, dans la pénombre. Des trappes de toit translucides laissent percer la lumière du jour. Maria marche dans les rayonnages, poussant un chariot rempli de boîtes de conserve. Elle passe devant les fromages pourris, grouillants de mouches. Plus loin, les poissons décomposés baignent dans des flaques d'eau souillée. Les barquettes de viande sont éventrées. Par terre, des rats circulent en suivant des itinéraires qui semblent très élaborés. Au détour d'un rayon, Maria aperçoit son chien étendu sur le sol. Elle se précipite vers lui. Autour du chien, un liquide brunâtre. Et une bouteille cassée : du vinaigre. Maria prend son chien dans ses bras. Du sang ruisselle alors sur ses mains. Maria sursaute. Elle se retourne : au bout de l'allée, le grondement d'une meute de chiens errants, gardant leur nouveau territoire.

À Phoenix, c'est la nuit. Korta gare son 4x4 dans le parking de Biometrics. Il a une petite valise à la main. Il se dirige vers son bureau. Allume son ordinateur. Ouvre la valise. À l'intérieur, une quarantaine de petits disques durs ont été interconnectés par des hubs ethernet. Un seul câble branché donne accès à une capacité d'enregistrement d'environ un milliard de teraoctets, soit de quoi enregistrer les deux cent millions sept cent quatre-vingt mille quatre cent deux iris qui sont stockés dans les bases de Biometrics et auxquels Korta a accès après identification. Il faudra environ une heure pour tout rapatrier sur ses disques. Korta n'est pas pressé : depuis qu'il est guéri, il ne dort guère plus la nuit. Trop d'énergie. Trop d'envie d'aller au bout. Il allume la machine à café. Quelqu'un ne le connaissant pas pourrait même croire : qu'il est heureux.

Madeleine fait du vélo d'appartement dans son salon en regardant BBC News 24 sur sa télévision.

À l'image, la Suite Royale du Ritz remplie des policiers. Puis la photo de Vincent.

— Le tueur présumé de l'acteur français est un avocat de 35 ans. Proche des milieux d'extrême-gauche, Vincent F. avait noué des contacts avec Montesquiou il y a quelques temps à Paris.

Le paparazzi qui planquait devant chez Montesquiou est interviewé.

— Oui, je l'ai vu rentrer chez lui. À vrai dire, il avait l'air louche. Je me suis fait la réflexion : c'est qui ce drôle de type. Je me suis tout de suite méfié.

Madeleine regarde les images, catastrophée.

Sonnerie de son interphone. Elle coupe le son et s'approche de la porte d'entrée. Elle décroche le combiné et regarde le petit écran vidéo qui s'allume. À l'image, un large chapeau féminin.

Madeleine soupire, soulagée.

— Oui ?

Le chapeau se relève et laisse découvrir un visage. C'est Vincent. Madeleine sursaute. La voix de Vincent, très calme, grésille dans l'interphone.

— Madeleine, j'ai besoin d'aide.

— Tu es fou ! Qu'est-ce que tu fais là ? Va-t'en tout de suite !

— Madeleine, je n'ai rien fait. Voyons.

— Mais même ! Tu ne dois pas rester là ! Il ne faut surtout pas qu'on puisse me soupçonner, moi !

Vincent soupire. Mais est-il vraiment surpris par la réaction de Madeleine ?

— Madeleine, il me faut de l'argent. Mes comptes ont été bloqués. J'ai besoin d'argent.

Madeleine hurle dans son interphone, à moitié en larmes.

— Va-t'en, maintenant ! Va-t'en !

Elle raccroche. Sur l'écran, l'image de Vincent disparaît.

En bas, Vincent regarde la caméra, interloqué.

Il hésite à sonner à nouveau. Il fait non de la tête. Il accroche le chapeau à une lampe. Et il s'en va.

April est dans son laboratoire. Effondrée, elle lit, sur son ordinateur, une dépêche Reuters avec une photo de Vincent. Elle retourne sur la page de son navigateur pour glaner des informations supplémentaires. Son œil est attiré par la petite fenêtre des articles sur les calques : sous le titre de l'article « L'ingénieur K. et son monde construit comme une série de calques », il y a la mention « Mis à jour il y a 3 heures ». Il y a trois heures ? April clique sur le lien. À nouveau l'introduction, puis la vidéo. Et, en dessous, cette phrase : « À la demande du professeur Fichte, nous publions ce *post-scriptum* à son exposé lors du Symposium. » April lit le texte.

« K. a récemment développé une nouvelle névrose, en réalité profondément liée aux autres, et qu'il me semblait opportun d'ajouter à mon intervention. Il vient de m'annoncer qu'il est maintenant atteint par un profond sentiment de misanthropie. Par ailleurs, il m'annonce que son médecin lui a affirmé qu'il était sauvé. Sa maladie qui semblait incurable est devenue curable. Il m'affirme – et sur ce point je n'ai pas de raisons de douter de lui, n'est-ce pas – que sa misanthropie s'est développée quelques jours auparavant, de façon brutale. Pas une simple agoraphobie, mais bien un délire compulsif quasi-hystérique. Or K. fait le lien entre ce sentiment nouveau et l'idée qu'il a fait éliminer, comme autant de meurtres symboliques, les « membres de son calque », c'est-à-dire les autres lui. Passionnant ! Au fur et à mesure qu'il croit avoir détruit ses pairs, il ne supporte plus ceux qui restent. Pathologie profondément infantile, liée à l'exaspération de sa souffrance narcissique. Je décide de ne plus voir mes amis, conséquence, je n'arrive plus à avoir d'amis. Si je fais ce parallèle avec le cas abordé par Jung dans... »

April arrête sa lecture. Elle est comme soulagée. Vincent est accusé de meurtre, sous la menace d'un tueur, rongé par la misanthropie malgré lui, Mikael Korta a décidé d'isoler définitivement les calques qui forment l'humanité, mais elle est comme soulagée. Parce que, au moins, elle comprend ce qui advient. Elle comprend ce lien qui existe entre ce calque qui s'est dépeuplé et ce sentiment de misanthropie qui saisit ceux de ses membres qui restent. Nouvelle conjoncture, qu'elle n'aurait jamais soupçonnée dans ses travaux, qui lierait la façon dont on apprécie le genre humain au nombre de personnes avec lesquelles on partage son calque.

Elle attrape son téléphone, compose le numéro de Vincent. Cela ne sonne même pas : « Bonjour, vous êtes sur le répondeur de Vincent... » Elle laisse un message : pour la troisième fois.

Dans une rue calme, Vincent s'approche d'un arrêt de bus. Il sort son téléphone portable de sa poche : le téléphone est éteint. Il l'allume et tape son code, sans s'arrêter de marcher.

Quelques personnes attendent le bus qui est au bout de la rue. Vincent se place derrière un jeune homme d'affaires, qui tient à la main une serviette en cuir. Imperceptiblement, Vincent glisse le téléphone dans la serviette de l'homme.

Le bus s'arrête. L'homme monte. Vincent reste dans la rue. Le bus referme ses portes. Redémarre. S'en va. Voilà une bonne chose de faite.

Autour de Vincent, un groupe de collégiens est descendu. Ils sont bruyants et indociles, ils entourent Vincent qui ne peut réprimer un haut-le-cœur. Il regarde ces collégiens insouciants sans comprendre pourquoi il les voit comme des ennemis écrasants. Il s'éloigne, rapidement.

Il remonte sur son scooter. Il ne peut pas rentrer chez lui. Il ne supporte pas la foule. Que faire ? Où se terrer ?

Il démarre. Poussé par un réflexe venant du plus profond de sa part d'enfance, il se dirige, au début sans même s'en rendre compte, vers Peter. Vers chez son frère.

Il s'arrête au bout de la rue. Il voit la maison, Terry et les deux enfants qui sont déjà rentrés de l'école, tout à l'heure Peter va arriver, Vincent aimerait se réfugier chez lui, pleurer dans ses bras, lui dire qu'il est innocent et qu'il est malade, malade de ne plus pouvoir supporter les autres, il se souvient quand il avait six ans et qu'il était tombé, à vélo, dans la toute petite descente, il était allé voir Peter, le grand Peter, Peter le fort, pour se faire soigner, les genoux et la peine.

Vincent ne bouge pas. Il sait qu'il n'ira pas. Peur de quoi ? Que Peter réagisse aussi mal que Madeleine ? Ou que ce soit lui qui réagisse mal ? Que sa détestation des autres s'étende à son propre frère ? Ou alors, tout simplement, peur de se mettre à pleurer à trente-cinq ans dans les bras de son grand frère ?

Il redémarre.

José est sur la scène du Palais des Congrès de Tijuana, assis dans une espèce de cabine construite avec les moyens du bord, des portes, des rideaux, des fauteuils. Quelques pas plus loin, un distributeur de bonbons et de canettes gît, éventré. José est assis par terre, face à la salle, vide. Il est maigre, très maigre, et sa barbe noire a encore poussé. Il a une pièce de monnaie dans la main droite. Il ferme la main. La rouvre. La pièce n'y est plus. Il ouvre la main gauche : la pièce s'y trouve. Il referme la main gauche. La rouvre. La pièce n'y est plus : cela peut durer une journée entière.

Un restaurant rempli de cadres financiers et de traders, au cœur de la City.

Dehors, des policiers britanniques en civil prennent position dans la rue. Leur chef consulte l'écran d'un GPS. Trois points clignotent en rouge et forment un triangle dont le centre est le restaurant. Le chef se tourne vers son adjoint et lui fait un bref signe de tête.

L'adjoint compose un numéro de téléphone au moment précis où les policiers entrent dans le restaurant.

Le jeune cadre à la serviette en cuir est assis avec des collègues. Son téléphone sonne. Il le sort de sa poche. Ce n'est pas ce téléphone qui sonne. L'homme se penche vers la serviette en cuir : stupéfait, il en tire le téléphone de Vincent, qui continue de sonner.

Au moment où il décroche, cinq policiers sautent sur lui et le plaquent sur le sol. Hurlements de ses collègues.

Un policier en civil sort un insigne, tandis qu'un autre met l'homme à terre en joue.

— Vous êtes en état d'arrestation !

Comme le dira plus tard le chargé de l'enquête : les ressources technologiques les plus abouties n'empêcheront jamais les bandits d'être débrouillards.

Le clapotis de l'eau a quelque chose de serein, et surtout Vincent peut regarder droit devant lui sans voir personne, et cela l'apaise.

Il sent soudain une présence derrière lui. Il n'a pas besoin de se retourner : April le serre dans ses bras. Vincent ne dit rien. Sans se concerter, ils se sont retrouvés là, au bord de la Tamise. Là où ils s'étaient embrassés pour la première fois.

— Ne t'inquiète pas, Vincent...

— Je n'en peux plus, murmure le jeune homme. Je n'en peux plus... Il faut que tu isoles nos calques, je ne supporte plus tous les...

Il ne parvient même plus à les nommer : eux, les gens, les hommes, les êtres humains.

April fait « non » de la tête.

— Il faut que je te montre quelque chose.

Elle lui tend une feuille de papier. Le *post-scriptum* de Fichte. Vincent lit, sans réagir.

— Tu comprends, Vincent ? Ce n'est pas de ta faute. C'est de sa faute.

Elle lui explique son hypothèse, liant la misanthropie au fait que son calque a été dépeuplé. Vincent acquiesce lentement.

— Mais si tout cela est vrai... S'il n'y a plus personne sur le calque, cette misanthropie va durer toute ma vie...

— Pas toute ta vie. Ton calque va, à nouveau, se repeupler, Vincent. Il y aura des naissances. Petit à petit, tout va redevenir normal.

— Petit à petit ? Mais tu ne sais pas ce que je subis. Petit à petit ? Comment veux-tu que j'attende ?

Il ferme les yeux.

— Non, April, si tout cela est vrai, alors il vaut mieux que je laisse son tueur me retrouver...

— Vincent !

Il garde les yeux fermés. Son corps tressaute légèrement, comme quelqu'un qui pleure tout doucement, et qui voudrait pleurer pendant longtemps. April est démunie.

— Vincent, on ne va pas se laisser abattre. On va réagir. On est les seuls à pouvoir faire quelque chose.

— On est peut-être les seuls à le pouvoir, mais tu es la seule à le vouloir. En ce qui me concerne, tout cela m'est totalement égal.

— Pardon ?

— De toute façon, je suis accusé de meurtre. Si je fais quoi que ce soit, je serai immédiatement arrêté ! Cela dit, je serais toujours mieux dans un mitard, hors de vue des autres.

— Vincent !

Il n'a même plus envie de répondre.

Plus tard, ils prendront le scooter de Vincent. Ils iront dans le petit studio d'April. Vincent ira se coucher. En dormant, il semblera serein, à nouveau. April, elle, n'arrivera pas à dormir.

Plus tard, encore, dans la nuit, il dira cette phrase de Timon : « Comment va le monde ? » Et comme elle ne saura quoi lui répondre, c'est lui qui ajoutera : « Il s'use, en vieillissant. »

Korta referme la porte du bureau de Fichte. Il se dirige vers l'ascenseur, en rangeant quelque chose dans sa poche.

Assis sur son fauteuil, Fichte parle à son petit micro. Son œil est vif, et son débit saccadé. Sa main droite répète nerveusement un geste de frottement virtuel.

— Encore une séance fascinante avec Korta. Nous allons encore plus loin que le *post-scriptum* du colloque, et cela mériterait presque un *scriptere ultima*. Sa compulsion misanthropique atteint des niveaux que je n'avais jamais rencontré auparavant dans ma carrière. Je deviens, en toute logique transfertionnelle, le premier des hommes qu'il a décidé de faire disparaître du monde. Il me demande de l'autoriser à prendre une photo de mon iris gauche pour mener à bien son projet.

Dans les rues de Phoenix, Korta conduit son 4x4. Son téléphone portable émet une petite vibration. C'est un sms de Joseph : « Encore un dernier et ce sera fini ». Un dernier ? Plutôt un avant-dernier, car le dernier, ce sera lui, Mikael Korta.

Fichte se gratte l'arcade sourcillière gauche.

— Faveur que je lui accorde, bien volontiers. N'est-ce pas. Je suis assez excité de voir la suite. Jusqu'où va-t-il aller ? Ses propos deviennent confus, il ne fait plus guère d'effort pour communiquer avec autrui. J'espère ne pas devoir le faire interner.

Petit rire sec.

— Aucune envie d'aller le visiter en HP. On est tout de même mieux ici. N'est-ce pas. Il m'a parlé, enfin, de son premier émoi sexuel, avec sa nounou, quand il avait six ans. Sa nounou s'appelait mademoiselle Rudolf. Un soir, légèrement vêtue, elle lisait. Allongé à côté d'elle, il lui demande la permission de se glisser sous ses jupons. Elle y consent. Il tâte ses parties génitales et son ventre, qui lui paraît « curieux ».

Fichte appuie sur le bouton *Pause* de son enregistreur. Il se lève et marche vers la baie vitrée qui donne sur Phoenix. La ville ronronne, rassurante. Fichte se penche vers la vitre, donne un bref coup de langue. Et retourne se rasseoir. Bouton *Enregistrement.*

— Plus tard, je reviens sur mademoiselle Rudolf et je veux savoir son prénom, mais il l'ignore. Je lui fais remarquer qu'il l'appelait nécessairement par son prénom lorsqu'il avait six ans, et que cet oubli est étonnant. Il ne relève pas.

Petit sourire satisfait de Fichte.

— Ce « Rudolf » me permet, *in fine*, de l'identifier comme homosexuel. J'aurais dû y penser plus tôt. Penser à relire *L'homme aux rats*. N'est-ce pas.

Il arrête à nouveau son enregistreur. Se lève.

Il marche vers la baie vitrée qui donne sur le désert. La plénitude du rien. Il fait demi-tour et marche vers le côté ville. *La ville, aussi, est déserte. Il n'y a plus de voitures. Plus de bruit. Plus personne dans les rues. Dans les bureaux. Les magasins sont vides. Les téléphones ne sonnent plus. Ne sonneront plus jamais. Fichte pousse un cri.*

Le cri. Que plus personne n'entendra.

Jamais.

Combien de temps faut-il à un cerveau pour recombiner une histoire, en entier, pour la réécrire à l'envers, pour que tous les détails, les calques, les meurtres, les disparitions, de délires névrotiques se transforment en faits avérés ? Combien de temps faut-il à Fichte pour comprendre enfin ? Une minute, ou même pas ?

Il est maintenant au centre de la pièce : à sa gauche, le désert ; à sa droite, le nouveau désert. Fichte est devant son bureau, assis de l'autre côté : assis en face de sa place. Assis sur le siège des patients. Des malades. Des psychotiques. Des paranoïaques. Des narcissiques. Des suicidaires. Fichte a le visage recouvert du sac en plastique noir qui faisait office de poubelle. Il ne respire plus.

N'est-ce pas.

Le jour se lève dans le studio d'April, qui dort dans son lit. Assis par terre, Vincent est plongé dans la lecture d'un petit livre.

April se réveille en sursautant. Elle aperçoit Vincent, soulagée, et s'approche de lui pour l'embrasser tendrement. Il ne dit rien.

Elle attend. Elle essaie de parler avec le plus de douceur possible.

— Vincent, il faut qu'on y aille. On ne peut pas rester comme ça à attendre. On ne peut pas, et tu ne peux pas. Fais-le, au moins pour moi.

Vincent se lève et s'approche de la fenêtre, son livre à la main. C'est le *Timon d'Athènes* offert par Montesquiou.

— J'ai trouvé ce que j'aimerais comme épitaphe. Comme Timon : « Ici repose Vincent, qui haïssait tous les humains. Passant, maudis-moi, mais surtout ne t'arrête pas. »

— Vincent !

Il regarde dehors. Londres s'éveille : les premiers passants, les voitures pressées, un camion-poubelle. Vincent ricane.

— Tu crois que ça vaut la peine de les défendre, eux ? Ces fourmis inutiles qui n'apportent rien au monde. Regarde-les, mon Dieu, regarde-les. Avec leurs petites serviettes, ils vont prendre le métro et s'enfermer dans leurs bureaux, et ils rêvent à quoi ? À quoi ? À ce qu'ils vont regarder à la télé ce soir en rentrant ? Au téléphone portable qu'ils vont acheter ? Au crédit qu'ils vont renégocier ? Et tu voudrais que leur sort m'importe ? Cette masse indistincte ! Informe ! Inutile.

— Vincent... Tu sais que ce n'est pas toi qui penses ça. Tu sais que tu n'es pas comme ça...

— Je sais.

— C'est ce que j'ai voulu te dire hier, quand j'ai essayé de t'appeler. Ce n'est pas toi qui...

— Tu as essayé de m'appeler ? Sur mon portable ?

— Oui, un peu avant qu'on se retrouve.

Vincent sourit. Pour April, c'est comme une décharge électrique : depuis combien de temps n'avait-il pas souri ?

— Voilà au moins un problème de réglé. On est obligés de bouger. April, tu démontres la théorie des calques et tu ne sais pas qu'on ne téléphone pas à quelqu'un qui est recherché par la police ?

Paradoxalement, April est soulagée. L'adrénaline semble faire du bien à Vincent. Ils s'agitent, tous les deux, ensemble, pour se préparer à partir.

— Il n'est pas question de faire le voyage prévu. D'abord il faut des faux passeports, mais ça je vais trouver... Quand on a défendu tout ce que Londres compte de clandestins, on a un peu de réseau. En revanche, on va devoir passer par le Mexique, nécessairement. C'est quoi la ville mexicaine la plus proche de Phoenix ?

April a envie de pleurer. Mais, cette fois, de soulagement. Elle s'en empêche : ce n'est pas le moment.

— Il faut aussi régler la question de l'argent, dit-elle. Je vais m'en occuper. J'ai des bijoux de ma grand-mère que j'ai toujours détestés. C'est l'occasion de m'en débarrasser.

Ces bijoux qui dorment depuis près de dix ans dans leur boîte en velours mauve vont servir à empêcher un cataclysme pour le monde ? C'est presque drôle.

***

En bas, dans la rue. Vincent démarre son scooter. April, chargée de bagages, monte derrière lui.

Ils partent.

Quelques minutes plus tard, un taxi noir s'arrête devant la porte. Joseph en descend. Il entre dans l'immeuble d'April.

Une immense villa mexicaine déserte. Portant son chien blessé, Maria franchit le seuil et pénètre dans une grande pièce plongée dans la pénombre. Elle dépose délicatement le chien sur un luxueux canapé et s'approche des fenêtres. Des volets métalliques fermés empêchent la lumière de passer. Maria cherche la poignée des fenêtres, mais il n'y a pas de poignée. Sur le côté, une série de boutons commandent fenêtres et volets. Maria appuie sur les boutons : rien ne se passe. Elle retourne vers l'entrée, cherche dans les placards, et finit par trouver une lampe électrique. Elle l'allume et retourne dans la grande pièce. Elle braque le faisceau puissant vers le centre de la pièce. Elle pousse un cri.

Devant elle, un gigantesque chameau empaillé la regarde, impavide.

Mahmoud sort de l'appartement de ses parents. Il se dirige vers l'arrêt de bus. Une silhouette se glisse derrière lui.

— Mahmoud, je risque d'être odieux avec toi, je te prie de m'en excuser, c'est un peu malgré moi et tu sais que je ne suis pas comme ça.

Vincent reprend sa respiration. Il lit un petit papier où il a préparé son texte.

— J'ai vraiment besoin d'aide. Il me faut deux faux passeports très rapidement.

Mahmoud le regarde, stupéfait.

— Qu'est-ce qui t'arrive, Vincent ? Tu as des ennuis ?

Le visage de Vincent se contracte.

— Des ennuis ? Tu te fous de moi, connard ?

Mahmoud sursaute. Vincent tressaille. Il serre les dents, au sens propre, pour se taire. Il tend à Mahmoud la feuille de papier qu'il lui lisait. Sur laquelle il a noté tous ses besoins, et, encore, d'autres mots, d'excuses : écrits par April.

Mahmoud lit le texte. Il lève les yeux vers Vincent, pour l'interroger. Vincent, l'avocat, l'ami, le compagnon d'infortune, le soutien de toujours : n'est plus là. Il est déjà reparti se terrer.

Au rez-de-chaussée du Palais des Congrès, dans ces boutiques autrefois presque luxueuses, José fait ses courses. Pourquoi n'ose-t-il jamais s'aventurer plus loin, quitter le Palais ? Parce qu'il a peur, peur de ce monde qui n'a plus aucun sens. Il se souvient d'une promenade qu'il avait faite, au début. Chaque bruit lui faisait espérer. Chaque mouvement lui faisait battre le cœur. Mais, à chaque fois : des rats. José a une peur épouvantable des rats : depuis toujours. Il entre dans la boutique de mets fins, prend sa boîte de confit du jour, va chez le marchand de journaux. Il a déjà lu tous les quotidiens, les hebdomadaires, il en est aux magazines spécialisés. Ces jours-ci il est dans le rayon presse automobile, il prend un magazine qui titre sur la nouvelle BMW qui ne verra jamais le jour, et il remonte, sur scène : c'est l'heure du déjeuner. Combien de temps cela va-t-il durer ?

Un portique de sécurité à l'aéroport d'Heathrow, à Londres. Un policier noir rend son passeport à un vieux monsieur distingué.

— Monsieur, ce n'est pas la peine d'insister. Depuis fin 2005, il n'est plus possible d'entrer aux États-Unis sans passeport biométrique. Si vous tentiez de prendre ce vol, vous seriez aussitôt refoulé à l'arrivée.

— Mais enfin ! s'énerve le vieux monsieur. Mon passeport est encore valable trois ans.

— Monsieur, je suis désolé. Je suis britannique comme vous, je ne fais que vous rapporter l'état de la loi américaine.

Le vieux monsieur repart en grommelant. Il passe devant un comptoir de British Airways où April et Vincent récupèrent des billets.

Une vendeuse leur tend deux enveloppes.

— Voilà, Londres-Mexico City, départ à 12h15, puis correspondance à Mexico City pour Mexicali, arrivée à 16h00, heure locale. Bon voyage.

Vincent prend les billets. Son visage est transformé : il porte des lunettes, une perruque bouclée et un bouc châtain.

Au pied de l'immeuble d'April, quatre voitures banalisées de police freinent brutalement. Des hommes en surgissent.

Au niveau de l'escalier, devant le studio d'April. Quelques marches plus haut, Joseph attend, patiemment.

Soudain, un cri.

— Allez !

Trois policiers au visage recouvert par une cagoule surgissent de l'étage du dessous, et trois de l'étage du dessus. Ils plaquent l'homme à terre.

Un des policiers sort une carte.

Il parle à mi-voix.

— Vous êtes en état d'arrestation.

D'autres policiers se mettent en place devant la porte du studio d'April. Un homme place un gros vérin hydraulique qu'il enclenche. L'engin, fixé au sol, appuie sur la porte, qui résiste, puis cède d'un coup. Les policiers se jettent à l'intérieur.

— Personne ne bouge !

De fait, personne n'aura à bouger.

Barbara Korta descend le petit escalier qui mène au bureau de son mari, au sous-sol. Escalier qu'elle n'emprunte que très rarement. Elle frappe à la porte.

— Mikael !

Pas de réponse.

— Mikael ?

Toujours pas de réponse. Barbara essaie d'ouvrir la porte, fermée à clé.

— Laisse-moi tranquille, Barbara.

Le ton n'admet pas la réplique. Pourtant, Barbara insiste.

— Tu ne veux pas manger quelque chose ?

— Je n'ai pas faim.

— Tu es sûr que ça va bien ?

— Ça va très bien. Mais laisse-moi tout seul, bordel !

Barbara fait demi-tour et remonte l'escalier. A-t-elle vraiment encore un mari ?

Devant son ordinateur, Korta finit de coder le script qui lui permet de générer de faux iris. Devant lui, il y a la valise avec ses disques durs et ses 280 millions d'iris. Depuis environ une semaine, Korta a fait tourner son ordinateur, afin de classifier ces iris : ils correspondent à un peu moins de 40 millions de calques, soit potentiellement 2,6 milliards d'individus.

Mais ce n'est pas assez. Il veut l'humanité tout entière, il veut les 6,5 milliards, il veut être sûr d'être le dernier homme. Il n'est pas à quelques jours près. Pour être le dernier homme, éliminer le reste de l'humanité d'un coup, il faut qu'il démultiplie le nombre de calques disponibles.

Alors il doit créer de faux iris. La démarche est simple,

sur le papier : une fois chaque iris créé, il est testé par une isolation virtuelle de calque. Si cela ne fonctionne pas, c'est que l'iris ne correspond à aucun calque, il est donc rejeté ; s'il correspond à un calque, il faut alors analyser que ce calque n'a pas déjà été recensé dans les bases de Biometrics, auquel cas l'iris est inutile.

Korta lance son script : il l'observe tourner pendant quelques dizaines de minutes. Les statistiques s'affichent en temps réel : chaque partie du calcul ne mettant pourtant que quelques millisecondes à chaque fois, les faux négatifs sont ultra-majoritaires. Logiquement, ils le seront de plus en plus, puisque le nombre de calques à trouver se réduit. Korta fait un petit calcul : il faut environ 7 secondes pour trouver un calque supplémentaire en début de script, et il en faudra près du double en milieu de cycle, donc il faudrait environ... 5000 jours pour obtenir 90 % de ce qu'il souhaiterait.

Nouveau calcul : en interconnectant l'ensemble des machines de Biometrics, dont certaines sont des monstres de calcul, Korta peut arriver à une puissance environ 4000 fois supérieure à son simple ordinateur. Puisqu'il ne peut utiliser ces ordinateurs que la nuit, lorsque personne ne travaille, il lui faudra au plus 72 heures.

Korta se lève de son bureau. Il se sent en pleine forme. Guéri. Vivant. Le dernier homme.

Il est 21 heures. Il prend les clés de son 4x4.

À l'aéroport, Vincent est devant le policier noir, au niveau du portique de sécurité. Le policier vérifie la photo sur le passeport : lunettes, cheveux bouclés, bouc châtain.

Il lève les yeux vers Vincent. Les redescend vers le passeport, sur lequel il tapote de l'index d'un air soupçonneux.

— Vous n'avez pas le projet d'entrer aux États-Unis ?

— Non.

— Parce que depuis fin 2005, il n'est plus possible d'aller aux États-Unis avec un passeport comme ça, non-biométrique...

— Je sais, répond sèchement Vincent.

Le policier lui rend son passeport, Vincent passe. April s'avance vers le policier noir et lui tend son passeport.

Le policier regarde le passeport. Fait une petite grimace. Le visage d'April se crispe. Le policier la regarde.

— Vous êtes beaucoup mieux maintenant, dit-il.

April sourit, tendue. Le policier lui rend son passeport.

— Bon voyage !

April rejoint Vincent. Elle lui montre le nom de la marque distinctement lisible sur un portique : Biometrics. La société de Korta. Si l'ambiance était meilleure, on dirait : comme le monde est petit.

Ils se dirigent vers leur avion.

Quand il décolle enfin, April pousse un gros soupir de soulagement. Vincent, lui, a déjà mis sur ses yeux le masque anti-lumière et sur ses oreilles les écouteurs diffusant de la musique classique sans intérêt, mais qui l'isole suffisamment des autres.

Au pied de l'immense villa mexicaine, Maria est dans l'abri de jardin qu'elle s'est aménagé en cabane sommaire, avec un matelas et une petite table sur laquelle elle a posé la photo de ses enfants.

Maria pleure. Dans ses bras, elle serre son chien, mort.

Mexicali, capitale de l'État de Baja-California. Ce n'est pas le poste-frontière le plus proche de Phoenix, mais l'aéroport General Rodolfo Sánchez Taboada est régulièrement desservi à partir de Mexico, et Phoenix est à 380 kilomètres.

Une Chevrolet grise s'arrête devant un petit restaurant mexicain situé au bout de la route qui mène au poste-frontière. Vincent et April en descendent et entrent dans le restaurant, sans même regarder sur les photos des plats affichées à l'extérieur s'il y a du *mole poblano.*

Tout autour du poste-frontière, une foule s'agite en tous sens. Des immigrés légaux qui vont vers les États-Unis, d'autres qui en viennent, des futurs immigrés illégaux qui tentent une dernière fois leur chance avec leurs maigres invitations de cousins de Palo Alto, et des policiers mexicains, grosses voitures grosses lunettes, qui font encore plus peur que les narcotrafiquants.

Et puis le silence. Vincent et April ressortent du restaurant et jettent un coup d'œil circulaire autour d'eux : il n'y a plus personne. Isoler leurs calques, c'est presque devenu une banalité, maintenant.

Ils remontent en voiture. Vincent démarre. Il se dirige vers le poste-frontière déserté.

Une barrière, surmontée d'un grand panneau : « United States of America. No trespassing ». Vincent accélère. La Chevrolet défonce la barrière. Les voici en Amérique.

Mais lorsqu'on roule de nuit sur une autoroute au fin fond de l'Arizona, arrive un moment où il est difficile de savoir si les autres calques sont de nouveau là. Alors April surveille sa montre.

À Phoenix, il est trois heures du matin. Korta a fini par s'endormir, sur le fauteuil du bureau, au sous-sol de sa maison. S'il se réveillait maintenant, il regarderait la petite fenêtre de son ordinateur qui contrôle les machines de Biometrics qui, connectées les unes aux autres, crachent des millions de terabits par millisecondes. Et il verrait cette inscription : « connection lost ». Mais lorsqu'il se réveillera, lorsque son calque aura rejoint les autres, la petite fenêtre sera à nouveau connectée : pendant ce temps-là, dans le monde normal, le calcul a continué. Les calques virtuels ont continué à se créer, à s'ordonner, à grillager le monde. Il possède près de 80 millions de calques, soit potentiellement 5,2 milliards d'individus en joue. Bientôt 100 millions. Bientôt l'humanité entière.

Korta s'inquiète-t-il ? Pense-t-il que Vincent et April vont venir l'empêcher d'aller jusqu'au bout ? Rien ne pourra vraiment l'empêcher d'aller jusqu'au bout. D'une façon ou d'une autre, ce qu'il veut, être le dernier homme, ici, sur sa terre, il y parviendra. Comment en douterait-il ? Ou plutôt : pourquoi en douterait-il ?

Les arbres penchent doucement vers le sol, comme la femme qui marche dans les allées du cimetière du Père-Lachaise, à Paris, et qui s'arrête devant une tombe.

— Je n'ai pas pu être là, pour ton enterrement, je suis désolée. Je n'ai été prévenue que la veille, j'étais au Japon, je n'ai pas eu le temps de prendre un avion. Mais je suis venue, Roger, je suis venue.

La femme pleure silencieusement en caressant doucement la tombe.

Une cinquantaine de mètres plus loin, le paparazzi qui planquait auparavant devant la maison de Montesquiou est tranquillement installé, avec tabouret et thermos de café. Il la shoote consciencieusement. Après fermeture, les travaux continuent.

Maria sort de sa cabane. Portant le cadavre de son chien dans ses bras, elle s'approche d'un bûcher maladroitement élevé au centre du jardin. Elle y dépose le chien. Lui prodigue une dernière caresse.

En pleurant, elle craque une allumette. L'approche près du bûcher. Il fait sec : le feu prend vite, et fort. Maria reste tout près. Pourtant, il fait beaucoup trop chaud.

C'est le matin, à Phoenix. Vincent est au volant de la Chevrolet grise arrêtée. Il écoute la radio. *Nobody knows the trouble I've seen*, dans la version déchirante de Louis Armstrong et Ella Fitzgerald. Pour la première fois de sa vie, il fait attention au sens des paroles.

April ouvre la portière droite, et s'assied. Sans un mot, elle lui tend un sac en papier marron. Vincent l'ouvre et en sort un petit revolver, une boîte de cartouches et une paire de menottes.

La jeune femme montre également un téléphone portable qu'elle vient d'acheter.

— J'ai appelé le numéro direct de Korta à Biometrics, personne n'a répondu. Il doit donc être chez lui.

Durant la traversée de l'Arizona, April a réfléchi à la chose la plus simple à faire. Vincent, tendu, conduisait sans presque rien dire. Ils n'ont pas d'autre choix que de surprendre Korta chez lui, le menotter et détruire ses ordinateurs personnels ainsi que son badge d'accès à Biometrics. Cela leur donnera le répit nécessaire pour qu'April puisse aller voir le patron de Biometrics, lui révéler ce qu'elle sait.

Vincent démarre la voiture.

— Lorsque Montesquiou s'est fait tuer, murmure le jeune homme, il récitait *Timon d'Athènes*. La dernière phrase qu'il a dite, c'était... « Et qu'advienne le chaos »... Je n'arrête pas de penser à cette phrase, j'ai l'impression qu'il parlait pour moi, pour moi si je restais en vie...

Un silence.

April voudrait arriver à lui parler. À lui dire que bientôt, quand le problème avec Korta sera réglé, ils partiront, tous les deux, sur une île déserte, quelque part à Bora-Bora ou à Clipperton, et qu'ils attendront, doucement, sereinement, que tout redevienne normal. Pour lui. Que son calque va se repeupler et qu'à nouveau il pourra vivre aux côtés des autres.

Elle voudrait parvenir à lui dire tout ça, mais elle ne trouve pas la façon de le faire. Alors elle ne dit rien. Elle serre sa main gauche à lui avec sa main droite à elle, et elle espère, mais sans en être vraiment certaine, qu'ainsi il va comprendre toutes ses pensées.

Nuit noire, sans lune. José fait sa promenade du soir, sur les toits du Palais des Congrès. Il regarde ce monde vide, ce monde désert, ce monde mourant, même plus mourant, mort. Qui ne survit que parce qu'un homme, un dernier, le regarde encore, un peu. Tijuana la brûlante, Tijuana la folle, Tijuana la dangereuse, devenue Tijuana la fantôme. José ne sait même plus pourquoi il continue à se lever le matin, à se coucher le soir, à faire cette promenade où il rumine toujours les mêmes pensées. Est-ce parce qu'il manque de courage qu'il ne pense même pas à se tuer ? Est-ce parce qu'il est magicien qu'il pense que d'un coup de baguette la vie va revenir ?

La vie revient : il voit, au loin, la lueur rouge d'un feu. Pas d'orage, pas de volcan, plus d'électricité : un feu signifie donc un homme.

José suffoque presque. Il est parti en courant. Il ferait mieux d'y aller tranquillement : il en a pour des kilomètres. Pour quelques heures. Mais rien ne l'arrêtera. Comme les bateaux aux siècles passés, il se guide à l'œil.

Korta dort encore dans son fauteuil de cuir. Est-il réveillé par les trois petits bips que sa caméra de vidéo-surveillance émet ? Ou par les trois coups de feu que tire Vincent sur la poignée de la porte ?

Ils sont face à lui.

Vincent braque son arme vers Korta. April a les menottes à la main. Elle s'approche de Korta pour les lui mettre.

Coup de feu.

Coup de feu ? April se retourne vers Vincent. Vincent qui n'est plus Vincent : un rictus de haine déforme son visage. Vincent qui n'est presque plus un homme. Oubliant ce qu'ils avaient décidé, oubliant son intérêt propre, Vincent est en train de tuer Korta.

Coup de feu. Mais le jeune avocat londonien ne sait pas tirer : Korta n'est pas touché.

— Vincent !

C'est April qui crie, qui se précipite sur son bras pour l'empêcher d'atteindre Korta.

Coup de feu. Dans le mur.

Vincent repousse April. Vise à nouveau Korta.

Mais l'ingénieur a eu le temps d'ouvrir un tiroir et de prendre sa propre arme, qu'il braque en direction de Vincent.

April ne voit pas Korta. Elle se dresse à nouveau devant le revolver de Vincent pour l'arrêter.

— Non !

Coup de feu. Vincent et April ont crié en même temps. En même temps que le coup de feu, tiré par Korta. La jeune femme s'effondre. Vincent se jette au sol, ne voit même pas Korta qui se précipite vers la porte.

Marcher sur une route mexicaine, de nuit, guidé par un feu, alors que vous pensiez être le dernier humain habitant cette planète, procure évidemment des émotions particulières. Et pourtant José ne prend même pas le temps d'y penser. Il avance. Le peu d'oxygène dont il dispose, il ne l'utilise pas pour son cerveau mais pour ses jambes.

April perd du sang. Beaucoup de sang.

Mais elle est toujours consciente. Vincent attrape le téléphone sur le bureau de Korta.

— Je vais appeler les secours...

— Vincent...

Il se penche vers elle. Sa voix est si faible.

— Vincent, c'est fini, c'est fini.

— Non, April, non !

Il lui serre la main, fort.

— Korta... Il va faire diverger tous les calques, définitivement...

— Je vais le rattraper.

— Empêche-le, Vincent, empêche-le de faire le chaos. Je t'en prie, fais-le pour moi.

— April...

— Va à Biometrics, détruis leurs machines, il n'y a plus que ça à faire... Empêche-le...

— Je vais le faire, je vais le faire pour toi.

— Vincent, tu vas rester, et le monde va rester... Et je veux que... Quand tu seras dans la rue, à nouveau, quand tu vas voir les gens, tu auras... encore... ce sentiment de dégoût. Mais... Tu vas fermer les yeux, et quand tu les rouvriras, tout sera différent.

Elle hoquète. Ferme les yeux. Les rouvre. Reprend, en chuchotant de façon presque inaudible.

— Vincent, je te demande d'aimer à nouveau le monde. Avec ta force... Et pour moi.

Elle ferme les yeux. Ne les rouvrira plus.

Combien de fois Vincent va-t-il dire non ?

Il n'est plus très loin. Combien de temps ? Combien de kilomètres ? José ne sait pas, ne sait plus, il voit cette fumée et il avance, il sent qu'il brûle, qu'il brûle, qu'il brûle.

Biometrics Inc.

Vincent entre dans le hall d'accueil. Il ne réfléchit pas. Il a promis à April.

— Monsieur, vous désirez ? demande l'hôtesse d'accueil.

Vincent ne répond pas, ne la regarde pas, ne l'entend pas. Aperçoit au fond du hall le local électrique. S'y précipite.

Braque son revolver sur la poignée de la porte. Fait feu.

— Qu'est-ce que vous faites ?

Un énorme vigile s'approche en courant.

— C'est une urgence ! Laissez-moi ! crie Vincent.

Il entre dans le local, se précipite vers les rangées de disjoncteurs, tous sur le vert. Vincent relève les petits boutons. Rouge. Rouge. Rouge. Rouge.

Le vigile entre. Il braque une bombe de gaz lacrymogène vers Vincent, l'asperge méthodiquement.

Vincent tombe par terre en hurlant.

Le vigile remet les disjoncteurs en place.

Vert. Vert. Vert. Vert.

Korta, dans son bureau, devant son ordinateur.

La touche *Entrée*.

Advienne le chaos.

Mendoza, Argentine. Silvio Prudomo sort de la cabine du peep-show, sur l'avenue San Martin.

L'avenue est vide.

Hurlements.

Québec, Canada. Xavier Dérousseaux ouvre les volets de son appartement sur le jardin Saint-Roch, où les touristes depuis deux heures au moins prennent des cafés en terrasse.

Le jardin est vide.

Hurlements.

Vincent se relève. Le vigile brandit à nouveau sa bombe lacrymogène. Vincent esquive en passant derrière l'homme. Le vigile se retourne. *Il est seul dans le petit local électrique. L'inconnu a disparu. Le vigile sort dans le couloir, marche vers le hall, vers la porte qui donne dehors. Vide. Hurlements.*

Vincent est seul dans le local. Une alarme s'est déclenchée. Il entend, au loin, des pas. Ce n'est pas son calque qui a été isolé. Il peut encore faire quelque chose. Empêcher ce qui peut encore être empêché.

Forcalquier, France. Samuel Autessier sort de son atelier de poterie artisanale, c'est l'heure de sa pause déjeuner.

La place est vide.

Hurlements.

Delgerhaan, Mongolie. Tsakhiagiyn Enkhbayar, sur son cheval, freine devant les tentes à l'entrée du village.

Les yourtes sont vides.

Hurlements.

Istanbul, Turquie. Sous le pont de Galata, Selim Celal, revendeur à la sauvette, voit les policiers s'approcher. Il remballe sa marchandise, court se cacher derrière un pilier du pont. Il compte jusqu'à cinquante, réapparaît.

Le pont est vide.

Hurlements.

Dans le siège de Biometrics, Korta se dirige vers le local électrique. Sur son ordinateur, l'alerte du réseau intranet lui a signalé un début de coupure de courant, coupure immédiatement prise en charge par les groupes électrogènes de secours situés au sous-sol.

Tout est normal. Le processus d'isolation continue.

Korta a le poing serré, de contentement. Le poing gauche ; au bout de son bras droit se trouve son revolver.

À Londres, une agence de conseil avait préconisé à l'agence Reuters de remplacer l'openspace traditionnel par un système alvéolaire où chaque journaliste ne voit pas ses voisins mais peut les entendre. Une webcam accrochée au plafond émet toutes les minutes une image de la « ruche » sur le site internet de l'agence. Quelqu'un qui, à ce moment précis, se connecterait à ces images, verrait, un par un, chaque petite abeille qui disparaît tandis que sur les écrans des ordinateurs s'affichent, mais de moins en moins, des dépêches envoyées par les correspondants du monde entier et qui ont toutes, peu ou prou, le terme « disparition inexpliquée » dans leur titre.

Encore quelques minutes, pendant lesquelles des journalistes vont être fascinés par ce qui est en train de se passer. Un peu partout, dans le monde, des correspondants de l'agence Reuters vont continuer à rédiger des dépêches sur ce thème, sans avoir encore réalisé qu'ils ont, eux-mêmes, *également disparu.*

Ils ne comprennent pas. Ils ne peuvent pas comprendre. Ils ne comprendront jamais.

— C'est terminé, maintenant. Le processus est fini. Tous les calques ont divergé.

Vincent regarde Korta, stupéfait.

C'est terminé ?

Korta lève son arme sur Vincent.

Qui bondit sur lui.

Ce ne sont pas deux hommes face à face. Ce sont deux bêtes sauvages. Deux monstres : un seul restera.

Korta tire. Vincent est touché. À l'épaule ? Au cœur ?

Il attrape un extincteur et le lance à la figure de Korta.

Deuxième coup de feu, cette fois dans le vide.

Vincent se jette sur Korta, lui prend le bras pour retourner l'arme sur lui.

Coup de feu.

Le silence, dans le monde.

Les cris d'un homme seul ne font aucun bruit, à l'échelle d'une planète.

Des milliards de : dernier homme.

Des milliards de solitudes.

Et puis.

Et puis:

Selim Celal pleure doucement, et voilà qu'il entend des cris. Qu'il voit des gens. *Tsakhiagiyn Enkhbayar* ressort de sa yourte, et la famille Bajyar est là, hébétée. *Samuel Autessier, assis sur la fontaine, calme*, découvre ses voisins qui poussent des hurlements. *Le corps de Xavier Dérousseaux* gît inanimé, au pied des touristes qui pleurent. *Silvio Prudomo* embrasse les passants de l'avenue San Martin, aussi incrédules que lui.

Le monde : a reconvergé.

Le corps de Mikael Korta ne bouge plus. Son cerveau n'aura pas le temps de voir, de comprendre, de formuler des hypothèses. Trop d'espaces-temps différents, le monde s'en révèle incapable, et n'a d'autre solution que de faire reconverger un à un des calques qui avaient pourtant définitivement divergé.

Vincent sort de Biometrics.

Il n'a pas empêché le monde de sombrer, mais le monde n'a pas sombré. Sans même s'en rendre compte, il met la main à son épaule : le sang coule par petites saccades. Vincent s'évanouit.

***

Il est un parmi des milliers d'autres à être pris en charge par le plan d'urgence prévu pour l'état de guerre qui, aux États-Unis comme dans tous les pays du monde, a été déclenché.

Mais il n'y a pas de guerre, il n'y a même plus de menace.

Tout est redevenu normal.

Au fond du jardin de Maria, le gigantesque bûcher a laissé sa place à un tapis de braises.

José et Maria sont enfin réunis. Ils se serrent l'un contre l'autre. N'ont même pas encore parlé. Ne savent pas s'ils partagent la même langue.

Peu importe : Maria lève les yeux au ciel.

Un nouveau monde. Un nouveau nouveau monde.

Leur calque, divergé depuis si longtemps, ne reconvergera pas avec les autres. Mais ils ne sont plus seuls.

Ils sont deux.

Vincent sort du Deer Valley Hospital.

À Phoenix, comme partout, les gens ne parlent que de ça, ces moments pendant lesquels chacun s'est retrouvé seul, ces cent mille morts dans le monde dues à la brutalité du phénomène, phénomène inexpliqué, inexplicable, incompréhensible.

Dans la rue, un groupe d'amis marche, en riant fort. Un jeune noir athlétique aide une vieille dame qui sort de l'hôpital à traverser la rue. Trois jeunes garçons passent en rollers. Ils semblent heureux, tous. D'être à nouveau ensemble.

Et lui ? Lui : Vincent a perdu la femme qu'il aimait. Il est le seul à pouvoir expliquer ce qui s'est passé. Il est : clandestin aux États-Unis, entré au Mexique avec une fausse identité, recherché pour meurtre en Europe.

Que peut-il faire, que doit-il faire ?

Vincent fait quelques pas. Il a un haut-le-cœur. Il veut fuir ces gens, être seul, mais jamais une ville nord-américaine n'a vu autant de ses membres dehors en même temps.

Vincent serre les dents. Il y a cette promesse qu'il a faite.

Il ferme les yeux.

Il les rouvre.

Son regard s'apaise.

Il fait un pas. Puis un autre. Et encore un autre.

Il s'approche de la foule.

Il se mêle à la foule.

Il disparaît dans la foule.

Il fait partie de la foule.

Il pense à April.

Et à Timon ?

L'auteur souhaite remercier, par ordre chronologique :

- *celle qui partage sa vie*
- *celui qui, essentiellement malgré lui, et en de complexes étapes, a permis qu'un projet de livre devienne in fine ce livre*
- *celle qui, dès la première lecture, a été enthousiaste, et serait sans doute devenue l'éditrice de ce livre si les circonstances n'en avaient pas décidé autrement*
- *celle qui, revue après neuf ans d'absence, a subitement incarné April*
- *celle qui, à défaut d'avoir permis à ce livre d'exister, a poussé à ce qu'il soit amélioré*
- *celui qui, par sa lecture précise, enthousiaste et critique, a sauvé la fin de ce livre*

COLLECTION MÉTÉORES

00. *Extraits des archives du district*, Kenneth Bernard
01. *Les Cents vingt journées de Sodome*, D. A. F. de Sade
02. *Nuit*, Edgar Hilsenrath
03. *Et qu'advienne le chaos*, Hadrien Klent

« S'il n'y avait pas de seconds rôles, il n'y aurait pas d'histoires. »

Ce livre a été imprimé en février 2014
par les imprimeries Corlet, France,
pour la collection Météores.

© Le Tripode, 2014

Les traductions de *Timon d'Athènes*
(William Shakespeare) sont de l'auteur.

L'illustration de couverture est de Lola Duval.

Conception graphique de la collection : Oskar

ISBN : 978-2-37055-019-4 | D.L : hiver 2014

N° d'impression : 162190

Tout est fini ?
Tout commence.

M 03